KB010901

삶,
그럼에도
불구하고

삶, 그럼에도 불구하고

펴 낸 날 2018년 8월 31일

지 은 이 이지유
펴 낸 이 최지숙
편집주간 이기성
편집팀장 이윤숙
기획편집 정은지, 이민선, 최유윤
표지디자인 정은지
책임마케팅 임용섭
펴 낸 곳 도서출판 생각나눔
출판등록 제 2008-000008호
주 소 서울시 마포구 동교로 18길 41, 한경빌딩 2층
전 화 02-325-5100
팩 스 02-325-5101
홈페이지 www.생각나눔.kr
이 메 일 bookmain@think-book.com

• 책값은 표지 뒷면에 표기되어 있습니다.
ISBN 978-89-6489-884-0 (03810)

• 이 도서의 국립중앙도서관 출판 시 도서목록(CIP)은 서지정보유통지원시스템 홈페이지(http://seoji.nl.go.kr)와 국가자료공동목록시스템(http://www.nl.go.kr/kolisnet)에서 이용하실 수 있습니다(CIP제어번호: CIP2018025285).

어제가 오늘 같고 내일 또한 오늘 같을 것이다

이지유 지음

삶, 그럼에도 불구하고

생각나눔

서문

작가의말

치료를 받기 시작한 지 어느덧 8개월이 흘렀다.

어떻게 지나왔나 하는 힘들고 지루한 시간이었다. 건강을 잃는다는 것은 모든 것을 잃는 것이라고 했는데, 막상 건강을 잃어보니 가진 것뿐만 아니라 영혼까지도 잃어버린 것 같은 방황의 나날들이었고 우울한 나날들이었다. 하지만 수필문학의 근본이 '인간성 회복'이기에 나 자신을 회복하기 위해서 "접시를 깨고 밥공기를 깨고 하면서 그 순간의 위기를 넘긴(본문 내용 중)" 것처럼 숱하게 다가오는 무서운 두려움을 그릇을 깨는 일로 떨쳐내지 않으면 안 됐다.

치료를 받지 않으면 안 되는 생활에서 힘든 시간도 있었지만, 살아오면서 즐거웠던 순간들도 많았다. 결혼생활을 하면서 정말 작은 성격 차이로 남편과 갈등했던 순간들이나 아이를 낳아 키우면서 아이의 몸짓 하나하나에 행복했던 순간들을 기억에 남기고 싶어 열심히 메모를 하고 글로 남겨 책으로 엮어낸다. 지나간 시간을 되돌아보면서 그 시절의 내가 있음을 확인하고 현재의 내가 있음에 감사했다.

건강이 안 좋아지면서 남들이 하지 않는 중요한 경험을 하게 됐다. 이 경험이 앞으로 내 글쓰기의 밑거름이 되어 새로운 잎과 꽃으로,

열매로 익어 주었으면 하는 바람이다.

수필은 '자기 문학'이라 했다. 내 삶을 소재로 그를 관조하고 의미를 부여함으로써 일상을 감동으로 승화시키는 장르다. 아픈 아내를 위해 설거지물에 손을 담그는 남편을 보면서 일상생활의 작은 몸짓이 내게 얼마나 큰 감동을 주고 희망적인 메시지를 남기는지를 알았다. 일상에서 얻은 신변소재의 문예화, 그를 위해 부단히 어제를 회수하고 내일을 설계하는 삶을 살아야겠다.

끝으로 문학을 공부할 수 있게 도와주고, 끊임없이 갈등과 웃음으로 주제거리를 제공해 주는 가족에게 감사한다. 더 큰 내가 될 수 있도록 가족은 언제나 나의 버팀목이고 영양분이다. 내가 힘들거나 즐거웠을 때 나의 글과 함께한 애경문화센터 선생님들과 우리의 '캡틴' 오창익 교수님께도 감사를 드린다. 나의 첫 수필집『삶, 그럼에도 불구하고』를 편집해 주신 생각나눔 편집부 모든 분께도 감사를 드린다.

2018년 8월 여름날에

이 지 유

CONTENTS

Chapter 2

인생

Chapter 3

화해

Chapter 4

희망

화장대 앞에 앉았다.

역시 난 예쁘게 생겼다. 눈도 크고, 코도 오뚝하고, 입도 크다.

하지만 세월을 먹은 탓에 예전의 그 좋았던 피부 결은 다 어디로 가고

맞은편 거울에 보이는 여인은 중년의 때가 많이 묻은 주름살이

무슨 훈장인 양 앉아서 눈가 주름을 바라보며 웃고 있다.

아마도 거울에 보이는 그 중년의 여인도 오늘 외출이 기대되나 보다.

Chapter 1

외출

\- 개인적인 글 -

첫 수업

낯설다. 작은애가 입학하기 전에 문화센터에 몇 개월 데리고 다닌 적은 있었는데, 내가 직접 학생이 돼서 책상에 앉아 있는 모습은 왠지 어색하다. 아이를 위한 공부가 아닌 나를 위한 공부이다.

어려서부터 생각해 왔던 직업이 글을 쓰는 작가였다. 초등학교 5학년 때쯤으로 기억한다. "엄마, 나 글 쓰는 사람 할까?" 했더니 "굶어 죽는단다." 또 언젠가 눈이 많이 내린 겨울방학이었다. "엄마, 온 세상이 하해. 눈이 많이 왔네!" 했더니 "아버지 일 못 하면 우리 얼어 죽는단다." 엄마는 현실을 얘기했지만, 어린 나에게는 작가라는 직업에 꿈조차 꿔볼 수 없는 무시무시한 말이었다. 작가라는 직업에 자부심을 느끼지 못한 내게 글을 쓸 기회를 만들어 주기란 어려웠다. 그래서 열심히 글을 써본 기억이 없다. 요즘 들어 몇 줄 적어본 게 전부다. 더 나이를 먹기 전에 내 내면의 세계를 글로 표현하고 싶다는 생각을 많이 했었다. 글을 쓰는 것에 대한, 새로운 시작을 하는 것에 대한 두려움 때문에 접수를 해야 하나, 말아야 하나를 두고 지난 겨울에 얼마나 고민을 많이 했던가!

창작의 고통은 피를 말리는 듯한, 때론 무에서 유를 창조해내든, 유에서 유를 창조해 내든 처절함의 고통이 숨어 있다고 한다. 자기 멋대로 가는 붓을 바로 잡아 형식에 맞게 글을 쓸 줄 알아야 한다. 내 안에서 나온 글의 세계를 나는 즐기려 한다. 나의 세계에서 내가 만들어 내는 인물들과 또 다른 세계를 만들어내고 싶어 용기를 냈다. 지금 저 현관문을 나서지 않으면 안 될 것 같았다. 또 다른 내 모습을 찾기 위해 어색한 첫 수업에 들어갔다.

강의실 문 옆에 "쉽게 배우는 문예창작"이라는 푯말을 확인하고 강의실로 들어갔는데, 어르신들께서 앉아 계셔서 잘못 들어간 줄 알았다. 토정비결이나 사주학을 배우는 곳인 줄 알았다. "문예창작 배우러 오셨죠?"라는 상냥한 어르신의 말씀을 듣고도 문 옆의 푯말을 다시 확인했다. 정수기 위치를 알려주시고 커피를 마시라는, 다소 위축된 내 분위기를 풀어주시는 어르신이 계셨기에 그나마 긴장을 풀 수 있었다. 어르신들도 배우시는구나. 사랑에만 국경이 없는 것이 아니라 배움에도 정해진 선이 없나 보다. 나의 의지가 필요할 뿐.

소설을 배우고 싶다고 나의 소개를 마쳤다. 문예창작이라 포괄적인 강의가 될 줄 알았는데 수필 문학을 공부하는 강의란다. '어쩌지?' 하는데, 수필을 10년 정도 공부하고 써보면서 소설을 배우란다. '그래. 이왕 시작한 거 해보자.'라는 마음으로 마친 첫 수업이었다.

나는 오늘 새로운 문 하나를 통과했다. 이 문이 활짝 열리기까지 조금씩 시야를 넓혀 가면서 생각을 멈추지 말아야겠다. 넓은 고속도로를 달릴 생각은 없다. 그저 비포장도로에 완행버스를 타고 창밖을 내다보며 새소리, 물소리, 나무가 품어내는 자연의 냄새를 맡으면서 가고 싶다. '목표'라는 단어를 옆구리에 끼고 간다면 도움이 되겠지. 넓은 세상엔 각자 다른 방향의 사람들이 걸어가고 있지만, 지금 강의실엔 모두 같은 곳을 바라보고 걸어가는 학생들과 우리가 타고 있는 이 배를 이끌어갈 선장 '캡틴'이 계시다. 캡틴께서는 헝클어진 나의 생각 주머니를 잘 정리해주실 것이다.

잘 드러나지 않은 곳을 비추는 마음이 아픈 글, 때로는 어느 소녀의 순수한 사랑이 있는 글, 때로는 어린이들을 위한 글을 쓰고 싶다. 내 마음이 잘 묻어나는 글도 쓰고 싶다. 잘 써질지 모르지만, 우선 나 자신을 믿고 캡틴을 믿고 부딪쳐 보자. 그래야 중간에 쓰러져도 다시 일어날 수 있을 것 같고, 너무 글쓰기가 어려워 포기하더라도 후회가 없을 것 같다.

느낌이 좋은 글을 많이 읽고 베껴 쓰기도 해보자. 나만의 세계를 만들기 위해서는 많은 도움이 되리라. 내가 경험하는 순간의 아름다움을 기억하고 적어보자. 소중한 자산이 될 것이다. 퇴직하신 교수님이라고 소개를 받은 강의하시는 분의 차분한 목소리는 어색한 마음을 한결 편하게 해주셨다. 쑥스럽지만, 시작하길 잘했다는 나 자신에게 박수를 보낸다. 크진 않지만, 거창하지도 특별하지도 않지만, 나의 진짜 인생은 지금부터다.

2012년 3월 5일
문예창작 첫 수업을 다녀와서.

좁은 공간

그곳에 가면 나의 공간이라는 포근함이 생긴다. 내 공간을 만들고자 무던히도 노력을 많이 해왔다. 이곳저곳 소파를 옮겨놓고, 그곳에서 책도 읽어보고 메모를 해보았지만, 내 집에서 내 마음에 들어오는 장소를 찾기란 쉬운 일이 아니었다.

책이나 신문을 식탁이나 바닥에서 보다가도 가족들이 들어오는 시간이 되면 정리를 해야 했고, 낙서노트를 한곳에 그대로 두고서 사용하고 싶은데 매일 길 잃은 어린양처럼 굴러다니기 일쑤였다.

언젠가 라디오에서 들은 내용이다. 노래를 부르는 사람인데 노래가 잘 팔리지 않아 생활은 어려웠지만, 이 가수는 자신의 작은 방 한곳에서 노래를 만드는 일을 즐거워했다고 한다. 가구와 가구 사이의 후미진 곳, 그 틈새에 앉아서 기타를 들면 노래가 잘 만들어지기도 하고, 잘 불러지기도 했단다. 이 가수는 훗날 노래를 많이 팔아 생활이 윤택해져 넓은 집으로 이사를 했다. 이 넓은 집에서도 노래를 만들었는데 예전 같지 않다는 것이다. 그 넓은 집 어디에도 '나만의 공간'이 없다는 것이다. 후미진 곳에서만 느낄 수 있었던 그 무엇이 좁은 공간에 대한 그리움을 낳게 했다는 것이다.

방이 하나 생겼다. 널찍한 방에 그럴듯한 책상을 들이고, 연초록색 커튼으로 창을 꾸미고, 벽 3면에는 책들을 정리하고, 사운드 좋은 오디오와 소파를 놓고 음악 감상까지 하는 그런 곳을 꿈꿔왔다. 하지만 지금 나의 방은 두 평 남짓한 좁은 공간에 거실이나 방에서 밀려나 사용하지 않는 물건이 쌓여 있는 곳이다. 한쪽 벽 반 정도를 차지하는 창이 이곳의 매력이다. 물건을 놓고 남은 아이 방에 딸린 좁은 공간, 베란다. 잘 꾸미면 꽤 괜찮은 공간이 될 것 같아 책들을 그곳에 정리한 적도 있었는데, 비가 오면 어디서 흘러들어 왔는지 빗물이 새서 책들을 볕에 말린 적도 있다.

바닥에 매트를 깔고 살짝 누워 보았다. 조용해서 좋았다. 책들을 펼쳐놓아 보았다. 남편이나 아이들이 와도 서둘러 정리를 하지 않아도 돼서 좋았다. 이곳에 앉아 있으면 집 안쪽이 잘 보이지 않아 서둘러 청소를 하지 않아도 된다. 정리하지 않아도 된다는 점이 내 마음을 항상 이곳에 묶어두게 한다. 책을 읽다 말고 자리를 비워도 잠시 후 다시 와서 읽으면 되니깐. 집안 곳곳에 흩어져 있는 나의 물건들을 그곳으로 불러들였다. 묵주와 기도문, 수필집 두세 권, 낙서노트,

필통, 등받이 베개….

어려서부터 작고 후미진 곳을 좋아했던 것 같다. 언니들이 쓰던 책상 밑에 들어가 동생과 함께 소꿉놀이를 했던 기억이 난다. 그곳에서 밥도 해 먹고 차도 마시고 베개로 만든 문을 열었다 닫았다 하면서 어린 시절의 한 때를 보냈다.

남편과 아이들이 호기심에 내 방에 놀러 왔다가 자기들의 취향이 아니라면서 오래 있지 못하고 가버린다. '그냥 남는 좁은 공간'에 '내 공간'이라는 의미를 부여해서인지 몇 시간을 앉아 있어도 지루하거나 힘들다는 것을 느끼지 못했는데, 다른 가족들은 좁은 공간에 있는 내가 안쓰러운지 자꾸 나오란다. 하지만 이곳에 머무는 시간이 난 좋다. 생각을 정리하고, 아이들의 손때가 묻은 물건들을 보고, 한쪽 벽 낡은 책장에 있는 20여 년 전에 읽었던 책들을 보면서 그 시절을 회상할 수 있다는 것이 생각 주머니에 여유를 준다.

나는 이 좁은 공간에서 다행스럽게도 나를 만나는 호사를 누리고 있다. 그리고 가장 은밀한 나만의 행운을 누리기도 한다.

2013년 6월

개인적인 글 3

경기 30러 4157

내가 이럴 줄 알았다. 17년 전 첫 만남 때도 아무런 말없이 갑작스레 소개를 해줘서 당황했었는데, 헤어질 때도 아무런 말없이 조용히 떠나보내 매우 당황했다. 어쩐지 지난달에 자꾸 사진을 찍어두고 싶었는데 어쩐 일로 뒤로 미루었더니, 17년간의 정든 시간들을 기록으로 남기지 못했다.

그날 아침에 왠지 기분이 이상했다. 그래서 남편에게 자동차를 가지고 나갈 거냐고 물었는데 그냥 대중교통을 이용한다고 했다. 그런데 차 열쇠를 폐차 업주한테 맡기고 들어온 것이다.

어색한 만남이었다. 첫 만남은 아이를 낳고 산후조리가 끝나고 집으로 돌아오는 길이었다. 아기를 안고 있었기 때문에 아기한테 집중돼서 차에는 아무런 인사도 못 했다. 검은색을 원했고, 귀에 아주 익숙한 '프라이드'를 원했는데, 흰 색상에 이름도 생소한 '아반떼'였다. 나름 앞선 디자인이었다. 힘이 느껴지는 뒤태라기보다는 날렵하게 흘러내리는 뒤태가 여인네의 가냘픈 허리선 같았고, 째려보는 듯한 브레이크 등은 너무 얄미워 나의 분위기와 전혀 어울려 보이지 않았다.

나는 폐차 됐다. 이 집 차주가 중고차의 시세와 폐차의 시세를 알아봤는데 별로 차이가 나지 않았나 보다. 97년도 생산에 수동식기어라 수출도 어렵다는 얘기를 듣고 폐차하기로 했나 보다. 아직 엔진은 괜찮은데 이 집에 무슨 사정이 생겼는지 빠른 결정을 내렸다.

차주는 운전을 참 부드럽게 했다. 너무 과속한다거나 급정거를 하지 않아 나의 엔진은 언제나 무리가 없었다. 좀 부끄러운 일이라면 청소를 잘하지 않았다. 도로를 달리고 나면 먼지를 얼마나 뒤집어쓰는지 숨이 막힐 지경인데, 시원하게 물 세차를 제대로 해준 적이 손가락에 꼽는다. 물걸레로 닦아는 줬지만, 여름날에는 시원하게 샤워를 했으면 좋겠는데 몸에 닿는 시원함은 물걸레가 전부였다.

한 번은 차주가 해서는 안 될 일을 했다. 친구를 만나 술을 마시고 내 엔진에 불을 밝히는 거다. 안된다고 소리를 질렀는데 내

소리를 알아들을 턱이 없었다. 차선을 넘어가고, 도로가 아닌 곳을 가려고 해서 얼마나 안간힘을 쓰고 말렸는지 모른다. 다행히 반대 차선에서 오던 차가 어디쯤 음주운전 단속을 하고 있으니 그곳으로 가라 일러 줘서 할 수 없이 그쪽으로 차를 몰고 갔다. 다른 사고가 나는 것보다는 음주단속에 걸리는 게 낫다는 확신이 들었다.

이 집 안주인은 겁이 많다. 내가 수동식 기어라 나를 운전해 보겠다고 운전면허 등록할 때 수동식 기어로 등록하더니 하루 만에 자동식 기어로 정정을 해버렸다. 될 때까지 수동식 기어를 익혔으면 나를 운전해 봤을 텐데, 안주인과 함께 도로를 달려보지 못해 좀 아쉬움이 남는다.

안주인이 자동차운전을 처음 배우던 때였는데, 주차장에 있던 나를 타기에 무슨 일인가 했던 적이 있었다. 나를 끌고 도로로 나가려나 했는데 시동도 걸어보고, 핸들도 잡아보고, 비상등도 켜보고, 방향지시등, 와이퍼도 작동해보고, 의자를 뒤로 젖혀 누워도 보고 하면서 한참을 있다가 나가는 거다. 별일은 아니었다. 운전을 배우면서 자동차에 대한 두려움을 없애보려고 나를 탔던 거다.

이 집 아들은 키가 크다. 뒷자리에 앉으면 무릎이 앞 의자에 닿아서 항상 불편해했다. 그래서 앞자리는 아들 자리가 되었다. 앞자리에 앉아서 넓은 시야로 하늘을 보기보다는 모든 걸 포기하고 의자를 뒤로 눕히고 잠을 잔다. 내가 포근하게 안아주고 있는 것을 어떻게 알았는지 엄마 품에서, 뒷좌석에서, 키가 더 크고 나서는 앞자리에서 잠을 잤다. 큰 키가 내 덕인 줄은 아마 모를 거다.

이 집 아들 하면 생각나는 웃음이 있다. 안성 할머니댁에서 출발할 때다. 한 일곱 살쯤인 것 같다. 어둠이 내리고 할머니께 인사를 하고 출발을 했다. 몇 Km쯤 달렸을 때, 신발을 신으려던 아이가 신발이 없다는 거다. 그래서 다시 할머니댁으로 향해서 마당을 보니 아이 신발이 있었다. 이 집 아들이 신발을 마당에 벗어놓고 나를 탄 것이다. 왜 그랬는지는 아직도 모를 일이지만, 이 가족과 나는 한바탕 웃었다.

이 집 딸이 타고 잠을 자지 않으면 시끄러워진다. 다른 식구들은 모두 조용한데 딸은 병아리다. 재잘재잘 할 얘기가 참 많은 아이다. 나보다 나이도 어린데 나만 보면 반말이다. 냄새가 난다는 둥 내가 지저분하다는 둥.

이 집 딸이 나한테 먹은 것을 게운 적이 있는데, 천만다행으로 딸 애 엄마가 검은 봉지를 얼른 준비해 줘서 나한테 묻은 것은 거의 없었다. 딸도 내 안에서 자는 것을 좋아했다. 제 엄마 무릎을 베고 내가 포근히 감싸주면 어느새 조용히 잠이 들어 있었다.

이 집 가족들과 긴 시간을 함께했는데. 안개가 자욱해 한 치 앞이 안 보이던 안갯길을 기어기어 가던 일, 머리를 식히러 간다 하면 용문으로 많이 실어 날랐고, 올해 여름휴가 때는 닭갈비를 먹겠다고 해서 태백으로 새벽길을 달린 적도 있었다. 통마다 가득 채운 김장을 무거움도 잊은 채 즐거운 마음으로 해마다 실어 날랐고, 명절 때는 꽉 막힌 도로에서 몇 시간을 함께했었는데, 더 멋지고 더 큰 차들이 많이 출시됐지만 나만을 고집하며 여러 해를 보낸 이 가족과 이젠 작별을 고한다.

기억이 나서 얼른 앨범을 뒤졌다. 그런데 그 자리에 '큰애, 아빠 차 앞에서 찍은 사진 두 장, 유치원에 보냄'이라는 메모가 있었다. 유일하게 차와 함께 찍은 사진을 유치원에 보낸 거다. '경기 30러 4157', 나에게는 기록이 남아 있지 않다. 추억만 남아 있다. 그동안 잔 고장 한 번 없이, 사고 한 번 없이 여러 해를 같이 해줘서 얼마나 고맙고 감사한지 모른다. 첫 만남 때의 날렵하고 수련한 모습 대신 시간을 많이 입은 낡은 모습과 신차들에 밀린 뒤처진 디자인이 정겹고 좋았는데 이젠 헤어질 때, 앞으로 새 차를 사도 잊지 않고 언제나 기억할 게.

잘 가. 안녕!

2013년 12월

협동줄넘기

2012년 8월 29일 수요일.
햇님이 반짝

며칠 전, 협동줄넘기 하는 분들 얼굴 한번 보자고 동사무소로 모이라는 연락을 받았다. 남자 5명, 여자 5명, 줄 돌리는 사람 2명, 후보 선수 남녀 각 1명씩 구성된 협동줄넘기 선수단이다. 나는 화서2동 대표로 9월 15일에 수원시 체육대회 때 하는 협동줄넘기 선수로 나가기로 했다. 1년 남짓 리듬줄넘기를 배워 왔는데, 줄넘기 관장께 동사무소에서 연락이 온 모양이었다.

동장실에 모여 서로서로 인사하고 코치와도 인사를 했다. 선수로는 우리 리듬줄넘기에서 3명, 통장분들, 동사무소 직원, 자치위원장 등으로 구성되어 있었다. 연습시간은 12시에서 1시까지이고, 다음 주부터 2주 동안 월, 수, 금요일에 하기로 했다.

밋밋해 보이는 외모와는 다르게 나는 변화를 좋아하고 새로운 시도를 해보는 것을 좋아한다. 얼마나 뛸 수 있을지 긴장도 되고 기대도 된다. 나 자신을 믿고 도전을 해 보기로 했는데, 문제는 체력이다.

2012년 9월 3일 월요일.
구름 사이로 따가운 햇살이

연습 첫날, 선크림을 잔뜩 바르고 모이는 장소로 갔다. 실전과 같은 환경에서 연습한다고 동사무소 주차장에서 협동줄넘기 연습을 했다. 운동화 끈을 바짝 묶으란다. 헐렁하면 발목이 삘 수 있단다. 줄넘기 뛸 때 주의할 점은 발바닥 전체로 땅을 딛는 것이 아니라 앞꿈치만 디뎌야 한단다.

호명을 받아 줄에 섰는데 갑자기 긴장이 되었다. 침이 꼴깍 넘어갔다. "화서! 화서!" 코치의 선창에 "파이팅!"을 외치고, "하나, 둘, 시~작!" 하면 줄이 돌아갔다. 5개, 10개, 15개 정도로 호흡을 맞췄는데, 10명이 호흡을 맞춘다는 것이 쉽지는 않았다. 줄이 돌기 시작할 때의 긴장감은 학창시절 숙제를 해가지 않아 손바닥 맞을 차례를 기다리는 긴장감이랄까? 옆 친구의 손바닥 맞는 것을 보면서 아픔을 감지해보는 떨림 정도?

코치께서 첫날인데 너무 잘한다고 칭찬해 주셨다. 잘 넘어 뛰면 선수들이 잘 뛴 것이고, 걸리면 줄잡이가 잘못 돌린 거라고 우스운 소리로 긴장도 풀어주고, 이번 주는 월·수·금, 다음 주는 모두의 일정을 맞춘다고 화·수·금으로 일정이 바뀌었다. 화요일, 문화센터에 수필 강의가 있는 날이지만, 잠시 옆길로 새도 인생은 재미가 있을 것 같다.

매일 가던 길로만 가면 너무 밋밋하지 않은가. 더 많은 경험을 위해 다음 주 화요일은 협동줄넘기에 양보를 하기로 했다.

선크림이 지워질 정도로 땀을 흘렸는데 아마도 해님 덕분이리라. 쉽지 않은 연습이지만, 수요일도 기대를 해본다. 코치선생님의 우렁찬 구령과 우리 선수들이 얼마나 호흡을 맞출지….

2012년 9월 5일 수요일,
눈이 부신 해님

연습 둘째 날, 협동줄넘기를 해보기로 했다고 주변에 얘기하면 주위 사람들의 반응이, "그걸 왜 해? 점심 얻어먹으려고?"라고 한다. 점심? 난 점심보다 더 소중한 경험을 위해 해보기로 한 건데, 나의 결정이 뭐가 잘못 되었는지 모르겠다. 이런 말을 들을 때면 비 오는 날 비를 맞고 싶어 흠뻑 맞고 있는데, 보는 사람이 안쓰럽다며 건네 준 찢어진 우산을 받았을 때의 씁쓸함이랄까?

걸리지 않으려고 열심히 뛰었다. 나만 열심히 뛴 게 아니라 오히려 젊은 사람들보다 중년의 아줌마, 아저씨가 열심히 뛰었다. 중년이라는 책임이 따르는 위치라서 그런지 젊은 사람들 하는 게 한심해 보였다. 아줌마인 나도 열심히 뛰는데 젊은 아이들이 성의 없이 뛴다고 흉도 봤다.

걸리지 않으려고 너무 다리에 힘을 주고 뛰었더니 허벅지가 아팠다.

2012년 9월 7일 금요일, 더운 해님

연습 셋째 날, 코치와 처음 만나던 날. 코치께서는 하다 보면 체력이 뒤처지는 분이 분명 나올 거라 했다. 속으로 '나는 아니겠지.' 했는데 그게 바로 나였다. 수요일에 젊은 사람들이 너무 성의 없이 뛴다고 흉을 봐서 벌을 받았나 보다. 연습하는데 매번 걸렸다. 나의 상태가 안 좋아 보였는지 코치께서 오늘은 쉬란다. 다른 분들 연습하는 것 보는데 마음이 편하지는 않았다. 다른 분들께 손해를 끼치면 안 된다는 부담이 더 크게 다가왔다. 전번 시간에 성의 없이 뛴다고 생각했던 젊은이들이 오늘은 어찌나 호흡을 잘 맞추던지, 역시 흉보면 안 된다는 깨달음을 확인했다.

다리에 힘을 주지 말고 사뿐사뿐 뛰는 게 요령이라는데 이것은 말뿐, 약간의 힘이 들어가야 할 것 같다. 연습이 없는 인생보다 오늘은 협동줄넘기 연습이 더 힘들게 느껴졌다. 협동줄넘기를 왜 한다고 시작은 했는지 후회가 많이 된다. 온종일 주변에 대체할 사람 없나 생각만 했다. 후보 선수가 있다고 해서 후보로 남아야지 했는데 후보 선수가 없단다. 12명 모두 뛰어야 한단다. 저려오는 다리와 오후 내내 피곤함은 나의 체력의 한계를 보여주고 있다. 어쩌랴! 이미 시작된 일이니 매듭을 지어야 하는데, 지금 내 의지는 꺾이고 있고, 다리의 힘은 풀려버렸다. 운동화 끈을 꽉 묶을 팔의 힘도 풀리는 듯하다.

2012년 9월 11일 화요일, 햇살이 참 좋았다

연습 넷째 날, 협동줄넘기에 집중하려고 문예창작 수업에 빠졌다. 수업 듣다가 좀 일찍 나와서 동사무소로 오면 될 것도 같았지만, 협동줄넘기의 부담감에 지난주에 미리 빠진다고 얘기를 해 놓고 왔다.

몸을 풀고 12명이 모두 뛰었다. 40개 넘었는데 다리에 힘이 빠지고, 발바닥이 저리고 아파서 44개 할 때 두 다리로 나 스스로 멈췄다. 부상을 예방하기 위해서 코치께서 한 말이 생각났다. 무리해서 뛰지 말고 손을 들거나 그냥 멈추라고. 이런 말은 왜 이리도 잘 지키는지. 코치의 잠시 쉬라는 말에 줄에서 걸어 나오는데 다리가 떨려 겨우 걸어 나왔다. 난 이렇게 힘이 드는데 남자들은 끄떡도 안 한다. 같이하는 친구의 말이, 남자들이 그 정도의 체력이 되어야 가정을 지키는 게 아니냐고 했다. 맞는 말 같다. 내 남편도 30대까지는 단단한 다리로 잘 버텨 줬는데 중년이 되고부터는 다리의 힘도 풀리나 보다. 단단한 근육이 많이 풀어졌다. 인생의 무게도 무거운지 어깨는 날로 내려가는 것 같다. 난 연습이라 쉬엄쉬엄할 수 있지만, 연습이 없는 삶의 중심에 서 있는 남편을 생각하니 마음이 짠해졌다.

맨 앞에서 열심히 뛰는 언니가 부상을 당했다. 줄잡이와 언니와의 간격이 좁은데 그냥 뛰다가 줄에 다리가 걸린 것이다. 3일 정도면 좋아질 거라는 코치의 말에 안도는 되었지만, 내가 언니에게 협동줄넘기 한번 해보자고 한 말이 생각나 엄청 미안했다.

오늘 마지막 연습에 38개 넘고 어느 분이 걸려 줬는데 얼마나 고마운지, 호흡이 턱밑에서 딱 멈추는 것 같았다. 이번 주가 얼른 지나가 주길….

2012년 9월 12일 수요일, 흐림

연습 다섯째 날, 하루에 한 시간 연습인데 이렇게 피곤하단 말인가? 한 시간이라 생활에 지장이 없을 줄 알았는데, 나의 모든 약속은 다음 주로 미뤄 놓은 상태이다. 심리적인 부담감이 엄청 크다. 다음부터는 여럿이 하는 운동은 빠져주는 게 예의일 것 같기도 하다.

오늘은 종합운동장에 가서 연습을 했다. 우레탄 바닥이라 발바닥에서 오는 충격이 덜 했다. 자꾸 몸이 힘이 들어 연습에서 쉬게 된다. 남편은 나보고 빠지라고 하는데 빠지고 싶지는 않다. 도전했으면 잘하든, 못하든 끝을 보고 싶다. 최선을 다해야 우리 아이들한테도 부끄럽지 않은 엄마의 모습을 보여줄 수 있을 것 같다.

무릎, 허리, 머리 안 아픈 것이 없다. 협동줄넘기는 처음이자 마지막이라는 생각으로 하고 있지만, 역시 운동은 내 전공이 아니라는 생각이 든다. 운동과 공부 중 한 가지를 선택하라고 하면 난 고민 없이 공부를 택할 것이다.

동네 시합도 이렇게 긴장이 되는데 국제대회를 나가는 대표선수들은 얼마나 부담이 크겠어. 순위와 상관없이 난 그들에게 열렬한 박수를 보낼 것이다. 그리고 질 수도 있다고, 괜찮다고 위로의 기도도 해줄 것이다.

2012년 9월 14일 금요일,
오전에 잠깐 해 비추더니 오후에 흐림

연습 여섯째 날. 어제는 비가 왔지만, 오늘은 개었다. 아침에 날씨가 흐려서 비가 오나 했는데, 일기예보에 갤 거라는 보도를 보고 맑아지는 하늘을 보았다.

우레탄 바닥인 종합운동장에서 뛰었다. 내가 빠진 연습에서는 70개를 넘었고, 내가 들어가 뛰었더니 54개. 다리에 힘이 풀려 뛸 수가 없었다.

부담 갖지 말자고 마음을 먹지만 어쩔 수 없는 시합인가 보다. 작년에는 화서동이 130개 넘었다는데, 올해는 그만큼까지는 나오지 않을 거라는 예상이다. 이미 뛰기로 했고, 여기까지 왔으니 뛰어야겠지. 어제보다 부담감이 적다. 마음을 비워서 그런가? 아니면 나 때문에 1등 못할 거라고 인정을 해 버려서인가? 여자 선수 중에는 내가 블랙리스트이다. 그런데 어쩌랴! 내 체력의 한계가 그만큼인 것을. 20대는 흔히 말하는 깡으로 버티기라도 했는데, 출산 후 살이 빠지면서 깡도 같이 빠져 버렸는가 보다.

그래, 재미로 즐겁게 참가하자. 이번 계기로 뱃살과 허벅지에 근육 좀 단련해야겠다. 줄넘기는 유산소운동인데, 협동줄넘기는 뛰어 보니 근력운동이다.

누군가가 나에게 묻는 상상을 해본다. "몇 년 운동 열심히 하고, 훈련 열심히 해서 우주에 나가보지 않을래요?"라고 하면 난 호기심에 긍정적인 답을 줄지 모른다. 하지만 협동줄넘기를 통해 배운 것은 열정만으로 할 수 없다는 것을 알았다. 내가 할 수 있는지, 다른 사람에게 피해는 주지 않는지 구분을 잘해서 호기도 부려야 할 것 같다. 나 때문에 개수가 많지 않고 걸리지만, 기권 안 하고 열심히 하는 나 자신에게 박수를 보낸다.

2012년 9월 15일 토요일, 적당한 햇살과 적당한 구름

시합 당일. 1차 28개, 2차 11개. 적은 개수가 나오는 데 나도 한몫을 했다. 1차 때 나도 모르게 뛰면서 뒤로 움직여(제자리에서 뛰어야 한다.) 내 왼팔이 남자 선수 팔에 닿아 몸이 밀렸나 보다. 그래서 그분이 걸렸다. 죄송하다 말은 했지만 정말 미안했다.

우리 화서동은 우승은 못 했다. 2차에서 11개 뛰었는데 모두들 아쉬워했다. 모두 숨이 차도록 뛸 준비가 되어 있었는데, 줄이 걸리는 바람에 아쉬움이 컸다. 긴장 속에 달려온 지난 2주였기에 온 힘을 다해 뼈가 우시러지도록 뛰려고 했는데, 딱 걸리고 마니 순간 허탈

함까지 들었다. 그리고 안도의 숨이랄까, 내가 아니어서 다행?

그동안 같이 호흡을 맞춰 주신 분들께 감사드린다. 2주간의 경험으로 체력을 키워야겠다는 것을 알았다. 봄바람에 흩날리는 꽃잎 같았던 지난 2주였다면 지금은 다른 계절을 준비하는 검은 씨앗을 몸속 가득 품은 분꽃의 마음, 현실의 나로 돌아오자.

지구 온나나

요즘 들어서 왜 가뭄 끝이 길고, 왜 비 끝이 긴지 모르겠다. 남부지방은 불볕더위, 중부지방은 많은 비, 우리나라 땅이 그리 넓은 건 아닌데….

더워도 너무 더운 며칠 동안의 무더위. 낮에는 햇볕에 나갈 엄두가 나지 않아 해가 진 다음 볼일을 보고 우리 집 현관문을 열었다. 언제나 그래 왔듯이 밖은 더워도 집은 시원하겠지, 에어컨이 없어도 현관문을 열면 맞바람 불어서 시원한 바람이 나를 반겨 주겠지 했는데, 현관문을 열었을 때 피부에 느껴지는 실내 공기는 바깥 공기보다도 더 더웠다. 한낮의 햇볕은 널어놓은 빨래를 순식간에 말렸는데, 해가 진 저녁에도 그리 시원하지는 않았다. 아니, 낮과 같이 무척 더웠다. 빨래 삶은 솥의 뚜껑을 금방 열었을 때의 피부에 와닿는 그 온도와 같은 열기가 며칠 동안 계속되었다. 여름은 더워야 한다는 차원에서 우리 집에는 에어컨이 없는데, 다른 집 실외기의 더운 바람이 모두 우리 집으로 들어 왔나 싶을 정도로 무덥고, 모든 것이 타들어가는 폭염은 태어나서 처음 느껴 보는 더위였다.

더위를 비교적 잘 참는 내가 숨이 멎을 것 같은 답답함을 느꼈다. 아이들은 연신 수건을 적셔 온몸을 닦아냈고, 냉동실에 넣어두었던 수건을 목 주위에 둘러 더위를 식혔다. 찬물로 팔다리를 끊임없이 씻어내고, 하루에도 갈아입은 티셔츠는 평상시의 몇 배나 되었다. 수박 사러 나갈 엄두가 나지 않아 우린 대신 물을 마셨고, 식사는 끓인 물에 밥을 말아 김치나 오이지로 반찬을 했다. 더운 날씨에 찬물은 해가 될까 봐 냉장고에 넣지 않은 물을 마셔가면서 더위와 함께 했다. 밤에 잠을 설칠까 봐 낮잠은 자지 않았다. 축축 처지는 몸을 신문이나 책을 읽으면서 바로 앉혔고, 올림픽 재방송을 보면서 낮을 보냈다. 방학 전 계획했던 아이들의 학습은 제대로 해보지도 못하고 큰애가 개학을 했다. 학습이고 뭐고 더위를 이기는 것이 우선 우리에겐 큰 몫이었다. 마치 보릿고개를 넘겨 살아남아야 하는 것처럼.

8월 하순인데 실내온도 29도 정도 된다. 하지만 7월 하순부터 8월 7일 말복까지 아침 기온은 31도, 오후에 꽤 더울 때는 33.5도까지 올라갔다. 실내가 이 정도니 밖의 날씨는 뜨거운 태양에 온도가 더 높음은 물론이다. 집안의 열기를 식히려고 베란다에 물도 뿌리고, 커튼도 쳐보고, 문이란 문은 최대한 열어 놓았지만, 밭작물까지 태워버리는 햇볕을 막을 수는 없었다. TV에서는 연일 전력 재고가 모자란다고 전력사용을 자제해 달라는 보도가 이어지고 있다. 작년에는 호주가 사상 최대의 가뭄을 보였단다. 동물들이 쓰러져 죽어간 사진을 뉴스에서 보았다. 미국의 곡창지대가 또 사상 최대의 가뭄이란다. 곡창지대가 가뭄이니 연말에 물가가 비상이란다. 진작 전기 아껴 쓰고 음식 조금만 만들어 먹자고 공익광고 내보내야 했다니깐.

내 나이 40대. 10대, 20대보다 더 살기가 어려운 것이 나이를 먹어감에 따라 인생의 무게와 책임이 따르기 때문인데, 책임질 일이 또 하나가 생겼다. 조상들께서 물려준 자연을 그대로 유지한 것이 아니라 훼손을 시킨 기성세대의 책임이다. 폭우, 가뭄, 폭설, 폭염, 이런 것들이 모두 '지구온난화' 때문이라는데, 요즘 아이들은 우스갯소리로 '지구 온 나나'라고들 한다. '나나'는 왜 지구에 와서 우리들을 힘들게 하는 건지…. '나나'가 지구로 온 이유는 편리함만을 추구해서가 아닐까? 매끄럽게 잘빠진 오이와 겹겹 야무지게 속이 꽉 찬 양배추를 썰어 비빔국수를 해 먹었다. 엄마가 먹으라고 준 오이는 많이 휘어 있고, 양배추는 가볍게 속이 들었던데. 야무진 오이와 양배추는 혹시 '나나'의 친구 화학비료와 성장을 유도하는 약의 힘?

난방은 실내 공기를 데운단다. 하지만 냉방은 실내의 더운 공기를 밖으로 빼내는 거란다. 에어컨 바람을 잘못 쐬면 화장실로 가야 하기에 난 선풍기나 에어컨 바람을 별로 좋아하지 않는다. 아이들도 인공 바람을 별로 좋아하지 않아서 여름용 냉방기구의 필요성을 별로 느끼지 못했지만, 올해 여름은 아니었다. 온돌처럼 끓어오르는 거실 바닥이 너무 뜨거워 면 패드를 깔아 놓고 살았다. 선풍기를 하루 종일 틀어 놓고 끼고 살지만, 더위를 식히기에는 부족했다. 에어컨이 필요한 시점인가 보다. '에어컨'이라는, 인간의 기술로 만들어낸 또 하나의 문화가 부메랑이 되어 되돌아 왔다.

'나나'가 지구에 온 이유는 편리함이 만들어내는 '문화적 혜택'이라는 그럴싸한 단어인데, 이는 포장을 아주 잘한 불편한 진실이다. 식품첨가물의 영향으로 식중독을 예방하고 식탁이 풍요로워졌다는데 과연 그럴지? 넓은 도로와 자동차는 편하고 안전하고, 시간까지 아껴 원하는 곳까지 데려다준다는데 과연 그럴지? 산을 깎아 집을 짓고, 아파트를 세워 자산 가치를 높이고, 내 집 마련을 돕는다는데 과연 그럴지? 편리함을 얻기 위해 우리가 지불해야 할 대가는 과연 없는 건지?

'지구 온 나나'를 어떻게 돌려보내야 할까? 잘 타일러서 다시는 친구들 데리고 지구로 오지 말라고 해야 하는데 이렇게 해보면 어떨까? 에어컨 대신 선풍기와 손부채를 이용하고, 설거지할 때 물은 조금씩 틀어 놓고, 손빨래하고 마지막 헹군 물은 변기에 버리고, 청소기보다는 걸레질을, 좀 걸어 다니고, 대중교통 이용하고, 음식은 조금만 만들어 먹고, 무엇이든 소중한 자원이니 아껴 쓰고. 비록 나의 시작은 작은 실천이 되겠지만, 아이들은 더 많은 것을 얻겠지.

방송은 말한다. 내년은 더 덥다고. 더위도 때론 이겨내야 하는 게 아닐까? 우린 너무 쉽게 에어컨을 켜 너무 쉽게 더위를 이기려고 하는 것은 아닐까? 내 아이들한테는 견뎌내면서 흘리는 땀을 보여주고 싶다. '나나'는 말한다. '나를 이기는 것이 어찌 더위만을 이기기 위함일까? 인생살이도 땀을 흘려가면서 견뎌내야 하거늘.'

2012년 8월 20일

어설픈 살림의 여왕

새벽 5시 반, 정성을 다하기 위해 양치질을 하고 머리를 손으로 빗어 묶는다. 그리고 앞치마를 두른다. 쌀을 씻어 안치고 어제 준비해 놓은 얼갈이 삶은 것으로 된장찌개를 끓인다. 제철인 가지와 호박도 준비해 나물 반찬을 만든다. 밥이 끓을 때쯤 멸치볶음이랑 양념장에 조린 두부를 냉장고에서 꺼내 정갈스럽게 상을 차린다. 상 한쪽에 인삼 달인 물도 컵에 따라 놓는다. 아침에 눈을 떴을 때 도마에 칼질하는 소리를 듣고 싶다던 남편의 바람에 20년째 아침을 이렇게 준비한다….

희망사항 1

집안은 늘 정리정돈이 잘되어 있다. 아이들 책가방과 교과서는

늘 같은 자리에 있고 책 등도 보는 즉시 제자리를 찾아 놓는다. 신문은 여기저기 널브러져 있지 않고 옷가지 등은 옷걸이에 항시 걸려 있다. 아침에 일어나면 이불은 잘 개어서 정리하고 바닥을 걸레질한다. 화장실과 베란다도 빼놓지 않고 청소하는 곳 중의 한 곳이다. 식탁 위, 소파 위, 피아노 위는 항상 아무것도 올라가 있지 않고, 싱크대 위도 냄비 한 개정도 말고는 아무것도 올라와 있는 게 없다. 오랫동안 쓰지 않는 물건을 과감하게 버리곤 해서 묵은 짐도 별로 없다. 현관문을 열고 집안으로 들어왔을 때 '깨끗하다'라는 인상을 준다….

희망사항 2

그렇게 다짐을 하고 잠을 잤건만, 오늘도 어김없이 허둥지둥 일어났다. 시계를 보니 아침 6시가 넘은 시간, 밥통을 열어보니 밥이 없다. 마음이 급했다. 바쁘게 시작한 아침은 왠지 모르게 일이 손에서 어긋나는데 설거지를 하다가 접시끼리 부딪쳐 이빨이 나갔다. 언제 다 먹었는지 냄비에 찌개도 바닥이다. 서둘러 밥을 안치고 가지나물을 볶으려는데 조금씩 덜어 먹던 집 간장이 떨어졌다. 시간 있을 때 덜어 놓아야지 했는데 깜빡한 것이다.

밥상을 차려내는 일이 나에게는 무척 서툰 일이다. 잠이 많은 나로서는 아침 일찍 가게 문을 열어야 하는 남편 출근시키는 것도, 반찬을 해내는 것도 힘들고 서툰 일이다. 냉장고에 들어 있는 것은 먹다 남은 반찬통뿐. 반찬을 한다고 해도 어느새 바닥을 보인다. 밑반찬 2, 3가지만 있으면 찌개 한 가지만 하면 된다고들 얘기를 하는데 결코 쉬운 일이 아니라는 것을 알고 있다.

재래시장에 가서 반찬을 사온 적이 있다. 나물이랑 멸치볶음이랑 뭐 이런 것들을. 그리고 김치찌개를 끓였다. 처음 한 끼는 그런대로 먹었는데 두 번째부터는 사온 반찬들에 젓가락이 가지 않았다. 너무 달다, 너무 짜다 등 입맛에 맞지 않은 갖가지 이유들. 엄마표 반찬이 맛은 없지만, 그래도 오랫동안 먹기에는 덜 자극적이라 좋단다.

베란다 한쪽에 박스에 담겨있는 물건들, 저게 뭐였더라. 생각을 더듬으니 박스 하나는 내가 썼던, 아주 오래된 일기장이 들어 있다. 그러고 보니 일기를 안 쓴 지도 20년이 넘었나 보다. 버릴까 하다가 그냥 집어두기를 여러 번 반복했다. 그리고 우리 아이들이 어렸을 적에 썼던 스케치북이랑 유치원에서 했던 프로그램 자료들. 많이 버린다고 버렸는데 아직도 남아 있다. 아이들 손때가 묻은 것은 쉽게 버리지 못하는 내 성격이다. 저것 봐. 아이들 돌 때 입은 옷이 배냇저고리와 함께 아직도 남아 있다.

정리정돈은 나하고 거리가 먼 단어인가 보다. 옷이며 내가 자주 사용하는 물건들은 눈에 보이는 곳에 두고 쓰는 편이다. 양념통들도 그중 하나이고, 자주 쓰는 냄비와 그릇들, 자주 보고 입는 책과 옷가지들, 그리고 가방과 신발까지 넣어놓고 꺼내 쓰기보다 항상 꺼내놓고 사용하는 편이다. 그래서 어느 날 우연히 옷장과 싱크대를 열어보면 바깥쪽보다 안쪽이 더 깨끗하고 공간이 많다고 생각한 날도 있었다.

오랜만에 걸레질을 했다. 손바닥만 하게 접은 걸레 안으로 머리카락이며 먼지들이 닦여 들어온다. 웬만한 물건들은 자리를 찾아줬으니 며칠은 갈 것이다. 항상 느끼는 거지만, 집안일과 직장생활을 선택할 수 있다면 난 직장생활이다. 주부경력 20년이지만, 살림은 나에게 언제나 힘들고 버거운 일이다.

'살림'의 어원은 '살리다'라는 뜻이란다. 국어사전을 찾아보니 살림이란, '한 집안을 이루어 살아가는 일'이라고 표기되어 있다. 한 지붕 아래 살면서 밥해서 먹고, 청소하면서 깨끗한 환경 만들면서 가족을 살리는 일을 하라고 '주부(主婦)'라는 직업이 생겼나 보다.

싱크대에 설거지가 매일 쌓여 있고, 반찬 없는 밥상을 매일 차리지만, 안 살림의 주인으로서 자부심을 가질 때도 있다. 남편과 아이들이 내가 해준 밥을 먹고 세상일과 학교일을 잘해 나갈 수 있구나라고 믿을 때와 별로 준비한 것도 없는 뭇국과 김치와 고등어구이를 맛있게 먹으면서 일과를 얘기할 때, 난 소박한 저녁 밥상이 하루 동안 지친 그들의 마음에 큰 힘이 되겠구나라고 느낄 수 있었다.

집 안 구석구석을 알고 있는 엄마에게 등교를 준비하는 둘째가 소리쳐 묻는다. “엄마, 내 양말 어딨어?” 악다구니 같은 말로 혼자서 찾아 신으라고 둘째 말을 받아치지만, 가끔씩 괴물로 둔갑하는 엄마를 내 가족은 ‘살림의 여왕’이라고 불러준다.

2016년 8월

나에게 쓰는 편지[1]

영, 그가 죽었어. 어쩜 그렇게 허무하게 가버렸는지. 병원으로 실려 갔다는 인터넷 뉴스를 보면서 별일 아니겠거니 했는데. 지금까지 아프다는 얘기 못 들었으니깐 큰 병은 아니겠지? 그런데 왜 이렇게 언론이 호들갑들일까 했는데…….

그가 죽은 다음 날, 단순히 한 시대의 우상이 좀 일찍 떠나갔구나 하면서 덤덤히 받아들이면서 시작한 하루. 라디오에서는 프로그램마다 그의 노래가 흘러나왔어. 그런데 그의 노래를 듣고 자란 내 영혼이 흔들리기 시작했어. 저 밑바닥에 잠자고 있는 감성들이 흘러넘치면서 그가 정말 죽었다는 사실을 받아들여야 했지. 퇴근 후 컴퓨터 앞에서 두어 시간을 앉아 그의 노래를 들으면서 그 시대의 나를 만나기 시작했어. 펑펑 울면서.

1) 신해철 2집 'My Self'에 수록된 노래제목을 인용함.

가수 신해철. 그가 「그대에게」라는 노래로 대학가요제 대상을 받고 2년 정도 시간이 지난 시기인가 보다. 내가 고3 때였으니깐. 교내 체육대회 때 우리 반은 「그대에게」라는 노래와 함께 운동장에 입장했지. 그때 응원석 여기저기에서 흘러나온 환호성과 탄성이 아직도 귀에 들리는 듯하네. 그 많은 여고생들이 우리를 보고 환호성을 지르지는 않았고, 그의 노래가 흘러나오자 그를 보는 듯한 착각으로 아우성이 난 거지. 별 감정 없이 그를 만난 10대였어. 그냥 나와는 관계가 없는 연예인이었으니깐.

쉼 없이 달려온 나의 20대. 입사년도를 더해갈수록 일에 재미를 붙였고, 자부심도 컸던 시기였지. 내 업무에 자신감도 많았고, 뭐든 할 수 있다는 욕심도 많았던 때였어. 그런데 결혼과 육아라는 이름 아래 그만두어야 했지. 직장생활도, 내 공부도 모두 내려놓아야 했어. 하늘에 구멍이 난 것 같더라. 채워질 수 있는 그 무엇을 찾지 못해 내 삶이 재미가 없었어.

그런데 기적같이 그를 다시 만난 거야. 이번엔 그가 2집에 실려 있는 「나에게 쓰는 편지」를 알려주더라구. "**난 잃어버린 나를 만나고 싶어. 모두 잠든 후에 나에게 편지를 쓰지.**"라고 시작하는 노랫말은 나에게 하는 말이었어. "**돈, 큰 집, 빠른 차, 여자, 명성, 사회적 지위 그런 것들, 과연 우리에게 행복이 있을까?**" 그래, 행복은 내가 만들어 가는 거였어. "**걱정스런 눈빛으로 나를 바라보던 친구여, 우린 결코 같은 곳으로**

가고 있는데." 사랑스런 아이를 키우는 일이 내가 뒤로 후진하는 일이 아님을 알았지.

영, 그는 언제나 내 주위를 맴돌았어. 아니, 내가 그의 주위를 맴돌았지. 매일 반복되는 일상 속에 속상한 일이 있으면 그의 노래를 크게 틀어 놓고 따라 부르면서 나 자신을 위로하곤 했으니깐. 그는 왜 「길 위에서」[2]라는 곡을 만들었을까? 아마도 나와 비슷한 시기에 태어나서 통하는 그 무엇이 있었나 봐. "*세상의 모든 것을 성공과 실패로 나누고 삶의 끝 순간까지 숨 가쁘게 사는 그런 삶은 싫어.*" 30대의 어느 날, 나를 돌아보는 시간이 생겼지. 영, 그때는 여유로운 시간이 왜 불안했을까? 왠지 내가 무엇을 하고 있지 않으면 괜히 이상했으니깐. 그래서 책을 항상 손에서 놓지 않았고, 신문도 찾아서 읽곤 했지. 이렇게 하는 것이 나중을 위한 성공의 준비인 줄 알았던 거지. 너무 숨 가쁘게 달려온 시기였어. 내 욕심인 줄 모르고.

"*좁고 좁은 저 문으로 들어가는 길은 나를 깎고 잘라서 스스로 작아지는 것뿐.*"[3] 이 얼마나 시적인 표현인가? 내가 작아진다는 것. 다시 말해 상대를 크게 본다는 의미가 아닐까? 겸손함을 말하는 것 같아 스스로 고개가 숙여지는 노래였어. 내 지난 시간을 다시 되돌아보는 노래이기도 했고. 40대는 이런 마음이어야 한다고 말해주는 그의 노랫소리가 마음을 아프게 하네. 중년으로 들어가는 문은 참 작은가

2) 신해철 2집 'My self'에 수록된 곡.
3) '민물장어의 꿈'의 첫부분.(노래 신해철)

봐. 남아 있는 자존심 하나마저도 버려야 거친 파도를 지나 잔잔한 바다를 만날 수 있다 하니. 영, 그는 잔잔한 바다를 만났을까?

그를 알고 나면서부터 그는 그냥 연예인이 아니었어. 그의 노래는 그 어떤 의미로 나를 위로해 주기에 충분했으니깐. 그리고 지금보다 더 나이 들어 만든 그의 음악은 어떤 위로를 줄까 궁금했는데. 친구를 멀리 보낸 것 마냥, 그냥 친구도 아닌 힘들 때마다 나타나 위로해주던 친구가 먼저 가버려서 슬퍼. 부디 그곳에 가서도 많은 영혼을 위해 노래를 불러주길 바라. "마왕 신해철 씨, 영원히 당신을 잊지 않을게요. 당신이 남기고 간 시(詩) 같은 노랫말을 들을 때마다 나를 찾는 소중한 시간을 줄 거예요. 당신이 만든 50대의 노래, 60대의 노래도 궁금한데 미완성으로 남기고 간 인생의 노랫말은 생활인으로서 살아가면서 나의 글로 채워 나가며 나만의 노랫말을 만들어 갈게요. 영원한 마왕, 안녕. 잘 가요."

2015년 2월

봄맞이

베란다를 좀 치워야 했다. 창문을 열었을 때 시원한 바람이 한 번 거치고 들어오는 공간을 아무렇게나 방치해 온 지난 몇 주간. '춥다'는 이름 아래 발 디딜 틈 없이 박스와 신문지와 플라스틱, 그리고 버릴 옷들을 아무렇게나 던져놓고 한 계절을 지나왔다. 베란다를 청소해야겠다는 생각을 하게 된 것은 두꺼운 겨울 외투를 세탁소에 맡기고 난 후였다.

어느새 머리 위로 내리쬐는 햇볕이 부드럽게 느껴졌다. 마냥 춥기만 해서 목을 감았던 목도리를 풀어놓지 못하고 있는데, 햇살은 내 몸 깊숙이 등골까지 파고들었다. 따뜻했다. 앞뒤 베란다 문을 활짝 열고 봄맞이를 해도 한기가 별로 느껴지지 않는 3월 초의 햇볕 참 좋은 날이다.

겨울 외투와 니트를 세탁소에 맡기고 우연히 올려다본 하늘이 그렇게 포근할 수가 없다. 겨우내 얼었던 공기를 털어내려는 듯, 유난히도 더 눈이 부셨다. 반짝반짝한 햇살이 우리 집 베란다에 머물 때, 눈가를 찌푸리게 하는 지난 겨울 동안의 흔적들. 치우자. 이제는 치울 때도 됐다. 겨우내 실내에서 말린 빨래를 밖에서 말리려면 베란다 정리를 해야 했다.

목장갑을 끼고 우선 버릴 옷가지들을 봉투에 담아 묶었다. 아이 키울 때는 작아져 못 입는 옷을 주로 버렸는데, 오늘 버리는 옷들은 대부분 내 것 위주이다. 한 번 더 입고 버리려고 보관했던 건데 색이 많이 바래고, 유행 지나고, 체형이 바뀌어 몸에 어색해져서 입지 못하는 옷들이다. 지난겨울에 미련 없이 옷장에서 꺼내 베란다에 던져 놓은 옷들이다.

젖은 걸레로 베란다에 있는 묵은 짐들 위의 먼지를 닦아냈다. 먼지가 그렇게 많이 쌓이고, 어찌나 새까맣던지 걸레를 다시 빨아 쓰기 뭐해 그냥 버렸다. 버릴 물건은 현관 밖으로 빼내고 샤워기로 베란다 바닥에 물을 뿌렸다. 시원한 물줄기가 바닥의 먼지와 함께 하수구로 빠져나갔다. 단지, 먼지를 닦아내고 흘려보냈을 뿐인데 케케묵은 짐의 일부를 버리는 것 같은 홀가분한 기분은 왜일까? 책임져야 할 인생의 한 부분을 떼어 없애는 것 같은 기쁨의 느낌은 아마도 '청소'가 주는 쾌감일 것이다.

냉장고도 눈에 들어왔다. '이참에 확 뒤집어엎어?' 하고 냉장고

문을 열었다. 무엇인가 조금씩 남아 있는 그런 통이 많았다. 그런데 먹을 게 없다. 무채만 남은 거, 김칫국물만 남아 있는 거, 김장 때 해서 먹다 남은 총각무 반찬 통. 봄인데 이래도 되는 건지 모르겠다. 나무들은 새잎을 틔우려고 꽃망울을 가득 품고, 아파트 단지 내 화단에서는 이름 모를 들꽃이 피기 시작했는데. 봄을 놓치지 않으려면 무엇인가를 해야 했다.

햇볕이 정수리를 지나 귓가에 머물 때 시장엘 나갔다. 두릅, 상추, 오이, 열무, 얼갈이 등 푸릇한 채소에 '저건 뭐해 먹으면 맛있겠다.'를 하며 머릿속으로 장을 보고, 시장을 한 바퀴 돌았다. 무엇을 사야 할지, 어떻게 만들어야 할지를 생각한 다음 물건들을 계산했다. 오늘 나의 체력이 감당할 수 있는 범위와 오늘 안에 끝내야 하는 시간을 생각해서 간택 받은 채소는 열무김치 할 것, 깍두기 할 것, 오이 김치 할 것 등 이었다.

열무를 다듬어 소금에 절여 놓았다. 그리고 흰 쌀밥을 갈아서 물풀 한 솥을 만들어 놨다. 예전에는 조그마한 냄비에 풀을 쑤어 생수를 섞었는데, 묽게 쑨 물풀을 한 솥 끓여 붓는 것이 열무김치에 훨씬 더 맛이 좋았다. 주부경력 20년 만에 터득한 노하우다. 깍두기는 양파와 배를 갈아 만들어 놓고, 오이는 부추와 함께 겉절이로 해 놨다.

열무김치를 하고 나니 밤 10시를 넘겼다. 봄맞이를 위해 알토란 같이 보낸 하루였다. 봄꽃을 식탁 위에 놓지 않아도, 화사하고 눈부신 봄옷을 구매하지 않아도, 봄 손님을 초대하기에는 오늘의 준비로 충분했다. 보리밥에 열무와 고추장 넣고 참기름 한 방울 떨어뜨려 향기로 봄을 맞고, 소고기뭇국과 깍두기로 겨우내 허기진 몸 달래가며 봄을 맞고, 달래 넣은 된장국에 오이무침으로 입맛 떨어진 계절에 배를 채우며 봄맞이를 하리라. 끝으로, 윤이 나게 닦여진 베란다를 맨발로 다니며 쏟아지는 봄빛을 몸으로 맞으리라.

2017년 3월

새 친구

탱크가, 탱크가, 이런 탱크가 없다.

모닝(자동차 이름)과 작별함과 동시에 평소 눈여겨보았던 스포티지(자동차 이름)와의 만남이 시작되었다. 야생마 같은 모습에 이끌려 첫눈에 반해 수개월을 고민한 끝에 구입한 자동차다. 드넓은 초원을 달리는 야생마! 생각만 해도 짜릿한 매력이 있다. 매끄럽게 다듬어진 몸에 단단한 근육을 가진 야생마, 바람을 가르고 달리는 야생마의 근육은 얼마나 멋진 모습인가!

나도 달리고 싶었다. 갓 출고된 자동차를 끌고 아우토반[4]을 달리듯 고속도로를 시원스레 달려보고 싶었다. 자동차에 부딪히는 바람을 내 피부로 느끼면서 선글라스 끼고, 스카프 날리면서 '진정한 자

4) 독일의 자동차 전용고속도로로, 정식 명칭은 라이히스 아우토반이다.

유는 이런 거야.' 하고 소리치면서 달리고 싶었는데…….

자동차회사 직원한테 주차선 안에 넣어 달라고 해서 넣어 주었다. 그런데 어쩌나! 전면 주차를 해주고 돌아갔다. 후면 주차를 해줘야 내가 시동도 걸어보고 앞으로라도 조금 움직여 볼 텐데. 할 수 없이 자동차 열쇠만 받아들었다. 퇴근 후 남편이 후면 주차를 해주고 나보고 시동을 걸어보고 동네 한 바퀴 돌아보라 했는데, 너무 어둡다는 이유로 다음 날도 미루었다.

주차된 차 운전석에 앉아 시동을 걸어 보았다. 가슴이 덜컥 내려앉았다. 과연 내가 이 야생마 같은 녀석을 운전할 수 있을까? 내 말을 잘 듣지 않고 제 고집대로 하면 어쩌나 하는 걱정이 밀려오기 시작했다. 야생적인 기질을 발휘해 제 주인이 채 적응하기도 전에 제멋대로 날뛰다가 말(馬)에서 떨어져 부상이라도 당하면 어쩌나 하는 걱정 아닌 걱정까지 하기 시작했다. 그런데 다행히도 몸집에 비해 시동은 매우 가볍게 잘 걸렸다. 아뿔싸! 그다음이 문제이다. 크기에 대한 감각이 없다. 모닝 차보다 더 높고 더 길고 더 넓다. 옆 차와의 간격을 가늠할 수가 없다.

심호흡을 크게 하고 브레이크에서 발을 떼었다. 차량 바퀴가 일자이니 핸들을 움직이지 않고 그대로 앞으로 나간다면 옆 차와 충돌 위험은 전혀 없었다. 움직인다, 움직여. 거대한 몸이 나의 작은 발놀림에 움직인다. 무거울 것 같았는데 생각과 다르게, 가볍게 스르르 움직여 준다. 자동차 반 정도가 주차선에서 나왔다. 이번엔 후진 기어를 넣고 뒤로 들어갔다. 조용히 잘도 움직여 준다. 약간은 자신감이 생겨서 이번에는 주차선에서 더 많이 나와 보았다. 나왔다가 다시 제자리로 돌아갔다 하기를 여러 번 반복했다.

단조로운 동작이 반복되니 핸들을 옆으로 돌려보고 싶어졌다. 앞으로만 잘 달리던 야생마가 방향을 바꿀 때, 말(馬)과 호흡을 잘 맞추지 않으면 말(馬)에 탄 사람은 위험하리라. 자세를 낮추고 균형감각을 잃지 않도록 해야 하리라. 정신을 집중했다. 시선 확보를 위해 허리를 펴고 주위 다른 자동차를 살핀 다음 천천히 핸들을 꺾었다. 자동차의 움직임이 나의 움직임이니 바짝 긴장할 수밖에 없었다. 평일인데 주차장에 차가 많았다.

드디어 주차공간에서 나왔다. 차 안에서 보면 내 차가 아파트 내 도로를 가득 메울 것 같았는데, 내려서 보니 도로가 여유가 있었다. 마주 오는 다른 차와 충돌 위험이 있으면 어쩌나 했는데, 도로가 넓은 건지 다들 잘 피해 가는 건지 아무 일 없이 잘 지나갔다. 큰 도로로 나가는 것은 무리가 따를 것 같아 다시 주차하기로 했다. 차가 많지 않은 저 뒤쪽으로 천천히 자동차를 움직였다.

이곳은 주차공간이 많았다. 여유 있게 자동차를 움직여 후면 주차를 시도했다. 양옆 쪽에 다른 자동차가 없으니 대충 자리를 잡고 천천히 들어가면서 주차선을 밟지 않도록 하면 그만인 것이다. 주차선 안에 모닝은 여유 있게 들어간 반면, 이 녀석은 간신히 들어갔다. 앞으로 뒤로 핸들을 얼마나 많이 조작했는지 모른다. 주차공간 하나를 가득 채우고 주차를 마쳤다. 나 스스로를 대견하게 여겼다. 이렇게 큰 자동차를 움직이다니.

고속도로는 아직 달릴 때가 안 되었나 보다. 선글라스와 스카프 대신 내일은 쿠션 하나와 커피 한 잔을 준비해 이 녀석과 함께 해야겠다. 이 탱크 같은 녀석과 호흡을 맞추려면 차 한잔 하면서 서로를 알아가는 시간이 필요할 것 같다. 쿠션을 베개 삼아 뒷자리에 누워도 봐야겠다. 주유를 해야 하는데 주유 입구를 조작하는 단추가 차 안에 없다. 아무리 찾아봐도 없다. 설명서를 보면서 천천히 이 녀석을 알아가야겠다.

'너는 새 차, 나는 묵은 차, 우리 좋은 사이가 되자!'

2016년 7월

개인적인 글 10

외출

이런 외출은 처음이다. 아니, 처음이라기보다는 낯설다. 성인이 되고 나서 영화관에 처음 갔을 때의 긴장감이랄까, 첫 소개팅을 나갈 때의 긴장감이랄까. 뭘 어떻게 입을까? 그 옷에 어울리는 가방이 내게 있었나, 혹 그 가방에 어울리는 구두가 나에게 있었나 하는 생각이 요 며칠 계속되었다.

집 앞 가게로 콩나물을 사러 가는 게 아니다. 옆 단지 아파트 정문 쪽에 있는 가게로 두부를 사러 가는 것도 아니다. 흘러내리는 앞머리에 실핀 하나 찔러 대충 고정하고, 옆머리는 귀 뒤로 넘기고 외출준비를 끝내고 마는 평상시의 외출하고는 다소 차이가 있는 외출을 오늘 하려고 한다.

편안한 옷을 즐겨 입다 보니 정장이 왠지 어렵게 느껴졌지만, 오늘만큼은 그 불편함을 다소 참아내려 한다. 장마철이라 비가 자주 내려서 바지를 입고 운동화를 신을까 고민도 해봤지만, 아무래도 오늘 가는 곳 하고는 맞지 않은 것 같아 며칠 전에 산 원피스를 입기로 했다. 원피스가 비에 젖으면 어떠하랴. 좀 우아하게 보이고 싶은 날은 나를 맘껏 드러내도 괜찮지 않을까?

옷이 결정됐다. 머리 모양도 좀 신경을 써야 했다. 파마머리를 자르면서 지내왔더니 웨이브 모양은 다 잘려나가고 머리끝 부분만 조금 밖으로 삐쳐있다. 까칠한 머릿결이 그대로 드러난다. 드라이를 했다. 삐침 머리가 자연스러워지도록 머리빗을 대고 열을 가해 까칠한 머릿결이 부드럽게 흘러내리도록 했다. 앞머리도 자연스러워지도록 열을 가했고, 실핀을 꽂지 않아도 되도록 고정했다.

화장대 앞에 앉았다. 역시 난 예쁘게 생겼다. 눈도 크고, 코도 오뚝하고, 입도 크다. 하지만 세월을 먹은 탓에 예전의 그 좋았던 피부결은 다 어디로 가고 맞은편 거울에 보이는 여인은 중년의 때가 많이 묻은, 주름살이 무슨 훈장인 양 앉아서 눈가 주름을 바라보며 웃고 있다. 아마도 거울에 보이는 그 중년의 여인도 오늘 외출이 기대되나 보다.

옷에 맞는 약간의 분장이 필요했다. 칙칙한 피부 빛을 화사하게 보이고 싶었다. 워낙에 화장을 하지 않는 타입이라 화장품도 없다가 며칠 전, 칙칙한 피부를 가릴 만한 것이 필요해 구매를 했다. 바른 듯, 바르지 않은 듯 얼굴에 색을 입히고, 본연의 입술 색깔에서 크게 벗어나지 않는 루주를 바른다면 단아한 아름다움이 연출 될 것이다.

끝인가? 더 준비할 게 없나? 참! 인터넷으로 알아본 것에 의하면 실내가 매우 춥다고 한다. 공연하는 배우들을 위해 에어컨을 낮은 온도에서 가동하는가 보다. 가만히 앉아서 흥겹게 음을 음미하고, 배우들의 동작을 보는 관람객들은 다소 추울 수도 있겠지만, 완벽에 가까운 분장을 하고 계속 움직여야 하는 배우들은 이 삼복 더위가 다소 힘이 들 수도 있을 것이다. 원피스 색깔에 맞는 흰색 카디건(cardigan)도 하나 챙겼다.

나가려는데 비가 온다. 바짝바짝 타들어 가는 가뭄 끝에 오는 비라서 '그만 왔으면' 하는 기도조차 할 수 없다. 그냥 하느님이 주시는 대로 받아들여야 하기에 외출할 때 다소 불편해도 감사하게 생각해야 하는 비다. 신발은 샌들을 신기로 했다. 가방과 어울리지는 않지만, 발이 젖었을 때 빨리 마른다는 이점이 있다.

동행하는 내 딸에게도 치마 입기를 권했다. 150분여를 공연하는 배우들에 대한 예의라 생각하고 약간의 화장도 권했더니 거울 앞에서 열심히 공을 들인다. 오늘 난 딸이랑 뮤지컬 『캣츠』를 보러 간다. 『캣츠』 내한 공연이라는 광고를 보자마자 표를 샀다. 지난 4월의 일이다. 말로만 듣던 최고의 작품을 직접 보고 싶어 3개월 전부터 준비를 했다. 고양이에 가까운 완벽한 연기를 위해 그동안 피나는 연습을 했을 배우들과 함께 느끼고 호흡할 외출을 하려고 한다. 뮤지컬 캣츠를 직접 보게 되다니. 가슴이 마구 설렌다.

왜일까? 정말 이런 외출은 처음이다. 아니 처음이라기보다는 낯설다. 그건 뮤지컬 캣츠만이 아닌 그 누군가를, 이를테면 동행한 딸 아이처럼 젊었던 나를 만나고 싶은 간절한 바람 같은 것, 그 때문은 아닐까?

2017년 7월

자화상(1)

난 브레이크를 잡고 기다릴 수밖에 없었다.

초등학교 4학년으로 기억한다. 세 살 터울의 언니와 어떻게 말이 나왔는지 기억에는 없지만, 늙기 싫다고, 늙으면 죽어야 한다는 마음에 언니와 엉엉 울었던 기억이 난다. 그리고 난 늙지 않으리라 마음을 먹었던 것 같다. 늙고 싶지 않았든가, 아니면 받아들일 수 없는 초등 4학년이었을 것이다. 할머니, 할아버지는 원래 태어날 때부터 할머니, 할아버지인 줄 알았다. 그분들의 어릴 적 기억이 나에게 없다고 그렇게 생각을 정리하며 살아왔나 보다.

태어나기를 '할머니', '할아버지'로 태어난 '할머니', '할아버지'는 태어날 때부터 얼굴에 주름이 많고, 다리에 힘이 없어서 제대로 걷지 못하고, 눈도 침침하고, 허리도 꾸부정하고, 무릎도 아프고, 잘 알아듣지도 못하는 이런 것들은 그분들만의 것인 줄 알았다. 하지만 나의 유전자가 '늙음'이라는 단어를 알아버린 순간, 이 모든 것이 순식간에 내 것이 되어갔다. 인정하고 싶지 않았지만, 야속하게도 '세월'이라는 녀석은 나를 피해가지는 않았다.

집에서 가게로 출발할 때는 분명히 사야 할 것이 다섯 가지였다. 오이, 우유, 상추, 삼겹살, 무. 그런데 집에 들고 온 것은 한 가지씩 빠트리고 네 가지만 장을 봐 온다. '아차 그거 안 사왔다.' 싶었던 적이 횟수가 많아지고 있다. 외출할 때 핸드폰을 손에 쥐고 있으면서 엄마 핸드폰 찾아 달라고 잠자는 아이를 깨워 성화를 한 날도 있다. 시장 갈 때 장을 봐야 할 물건이 적어도 메모를 하고, 좀 천천히 생각하고 조급해하지 않으면 나이 들어 생기는 현상들이 자연스러워지련만 언제나 발을 동동 구르며 꽉 짜인 시간 속에서 살고 있다.

"031-000-6830번으로 팩스 보내주세요." 나는 되물었다. "0830번이요?"/ "아니요. 6830번이요"/ "아, 네 6830번으로 팩스 보낼게요."라고 말을 하고 내 메모장에는 이렇게 메모가 되어 있었다. '세무사사무실 팩스 031-000-0830' 그리고 아무 기억도 없이 잘못된 번호로 팩스를 보냈다. 물론, 팩스가 보내지지 않아서 재차 번호를 확인해야만 했지만, 씁쓸하게 웃고 넘어가기에는 나 자신이 너무 슬펐다. 젊은 세무사사무실 직원은 생각과 말과 행동이 따로 움직이는 '나이 듦'에 대해서 얼마나 이해를 할까?

이런 일도 있었다. 직장생활 할 때 매일 숫자와 접하는 일을 했던 나는 숫자를 보는 눈이나 숫자를 기억하는 일에 굉장히 밝았다. 핸드폰이 없던, 그냥 유선전화기를 쓰던 때라 전화번호도 한번 보면 외우고 거래처나 친구들과 통화를 했었다. 차변, 대변 금액이 일치해야 하는데, 일치하지 않았을 때 귀신같이 찾아내기도 했다. 그래서 지금도 장부 기록은 자신이 있었는데, 분명히 세 번 확인하고서 거래처에 전화를 걸어 잘못된 입금액을 지적했다. 그런데 거래처 직원이 "수량 000이고, 단가 000이면 입금액이 맞죠?" 아니, 이럴 수가! 완전 KO로 패했다. 이렇게 단순한 문제를, 그것도 나보다 20년은 더 젊은 아이한테. 분명 세 번 확인했는데. 내 계산기가 그때 잠깐 졸기라도 했었나? 한 방에 패하고 나니 자존심에 금이 가기 시작했다.

지인께 물건을 맡겨놓고 차일피일 미룬 것이 한 달 가까이 되어갔다. 월요일 아침 집안일을 대충하고 출근 준비를 서둘렀다. 물건을 찾아다 놓고 출근을 할 요량으로 여유를 가지고 싶었지만 마음은 급했다. 인사말만 겨우 하고 지인께 물건을 받아 돌아오는 길이었다. 도로에 차는 많지 않은 편이었고, 아이들 등교 시간도 모두 끝난 때라 통행하는 사람도 많지 않은 시간이었다. 이때가 되면 어르신들이 노인정으로 가기 위해, 아니면 운동 삼아 아파트 단지를 도는 모습을 본 적이 있다.

학교 앞을 지나 아파트 단지로 들어가기 전의 작은 사거리, 신호등은 노란불이 깜빡거리고 있었다. 속도를 줄이고 좌우를 살피는데 인도(人道)에서 차도(車道)로 할머니가 한 발을 내딛는 모습이 보였다. 지팡이를 지탱하며 내딛는 모습이 그리 속도감이 있어 보이지는 않았다. 순간 급한 마음에 '내가 먼저 지나갈까?' 했다. 나의 반대차선 인도(人道)에서 내려오는 거라 내가 먼저 지나가도 할머니와 차도 중간에서 만날 일은 없었다. 하지만 난 먼저 가지 않았다. 경적도 울리지도 않았다. 왠지 기다리는 게 맞을 것 같아 횡단보도를 다 건너가실 때까지 기다렸다. 걸음걸이가 느리고 눈이 침침한지 내 차를 확인 못 하신 것 같았다. 지팡이를 의지 삼아 절룩거리며 걷는 한 발 한 발이 조금은 위태로워 보였지만, 할머니는 혼자의 힘으로 끝까지 다 건너가셨다.

횡단보도를 건너는 할머니를 보는데 나의 미래를 보는 것 같아 슬펐다. 할머니의 머리 모양은 짧은 커트에 하얗게 센 머리카락, 편한 일 바지에 색깔이 어두운 티셔츠, 굽이 낮은 슬리퍼, 무엇보다 슬픈 것은 생각대로 움직일 수 없는 몸이라 생각하니 마음이 무거워졌다. 그 할머니는 내가 기억할 수 없는, 아주 어렸을 적에는 어쩜 나보다 더 멋쟁이로 젊음을 즐겼는지 모른다. 지금보다 더 밝고, 더 예쁜 색깔로 주위의 시선을 끌었는지도 모를 일이다.

할머니를 보내드리고 차를 움직인 것은 잘한 일인 것 같다. 거부할 수 없는 게 시간 아니던가! '나도 늙는다'는 진리를 인정하고 받아

들인다면 빨리 지나가길 바란 급한 마음에 좀 여유가 생기지 않을까. 혹 누가 아나? 브레이크를 잡는 시간만큼 이승에서의 삶이 길어질는지….

2017년 5월

자화상(2)

먼 훗날, "할머니는 꿈이 무엇이었어요?"라고
손자가 나에게 이렇게 묻는다면 과연 뭐라고 대답을 할까?

내가 10세 전후였을 때, 어른들은 남자아이들에게 "앞으로 커서 뭐가 될래?"라고 물으면 남자아이들의 대답은 한결같았다. "장관이요."/ "대통령이요."/ "장군이요." 어른들도 은근히 이런 대답을 원했던 거 같다. 그 시절 사회적인 분위기, 즉 군인의 막강한 권력으로 이 나라를 쥐락펴락했으니, 전쟁을 겪어오면서 돈과 권력의 힘을 알았던 어른들은 내 자식들은 편케 살기를 바랐을 것이다.

난 남자아이가 아니었기에 저런 어마어마한 꿈을 꾸지는 못했다. 여자는 그저 조신하게 있다가 남편 잘 만나서 시집가면 최고로 생각하는 시대였기에, 나에게 꿈이 뭐냐고 물어본 어른은 한 명도 없었다. 내가 10세 전이었던 걸로 기억한다. 동네 꼬마 대여섯 명을 모아 놓고 그 당시 텔레비전에서 한창 유행했던 율동을 꼬마들에게 시범을 보이면서 가르쳤던 기억이 난다. 난 아이들을 참 좋아하는데, 지금 생각해보면 그때도 아이들을 좋아해 같이 놀았구나 싶다. 중학교 3학년이 지나면서 10대를 쭉 이어온 꿈이 '선생님'이다.

중학교 3학년 전에는 아이를 워낙 좋아해 유치원 선생님을 원했지만, 국문학을 배우면서 국어 선생님이 매력적으로 보였다. 출판사의 참고도서가 있는 줄 모르고, 선생님들이 그 작가들의 내면세계를 꿰뚫어 보는 게 신기할 따름이었다. 이 환상은 고등학교 올라가서 우연히 교무실에 갔는데 국어 선생님이 참고서를 펴놓고 공부를 하고 계시는 모습을 보고 깨졌다. 참 순진하고 순수한 나였다. 어쨌든, 선생님이 돼서 여러 아이들과 함께하고픈 간절한 10대였다.

20대가 돼서 신문을 보게 되고, 조정래 씨의 소설책들을 보기 시작했다. 조정래 씨 소설은 흔하지 않은 주제였다. 대하소설을 쓰는 작가이다 보니 시대적 배경 속에서 근현대사를 알 수 있었다. '초가집도 없애고 마을 길도 넓히고'를 자랑스럽게 불렀던 시절이 있었는데, 조정래 씨 소설 속에는 '신작로'를 내기 위해 강제로 초가집을 허물어야 했던 우리 농촌의 아픈 현실을 그대로 그려내고 있었다. 비평적인 시각을 가지게 된 시기였다. 그러면 나의 꿈은? 선생님이 꿈인 연장선에 당연히 '가자'나 '칼럼니스트'가 되어야겠지만, 난 엉뚱하게도 '복부인'이라는 꿈을 갖게 됐다.

조정래 씨의 소설 『한강』을 읽다 보면 너무 멋진 아줌마들이 등장한다. 그 시대에 흔하지 않은 선글라스를 끼고 스카프 휘날리면서, 개발예정지인 강남에 두 발을 딛고 서서 땅을 보러왔다가 계약을 한다. 개발이 계획된 지역이라는 정보를 고위 간부인 남편들에게 듣고서 땅을 사는 모습이 아무리 소설이라지만 너무 멋져 보였다. 아마도 수수한 내 모습의 매력보다는 복부인이라는 이미지가 보여주는 당참, 밀리지 않는 언변, 화사한 화장, 잘 차려입은 옷, 검은색 자가용, 차 문을 열어주는 운전기사, 그리고 개발을 했을 때 얻어지는 부(富) 등이 선생님이 되고픈 나의 가치관을 흔들지 않았을까 싶다.

복부인은 아니어도 멋진 옷을 입고 굽 있는 구두를 신고 출근하고 싶다는 생각으로 30대를 지내온 것 같다. 하지만 현실은 챙겨야 할 두 아이가 있고, 뒤돌아서면 해야 할 집안일이 있었다. 아이들 점심은 뭘 해서 먹이나, 또 저녁은 뭘 해 먹나를 고민할 때는 알약 하나로 해결되는 식사가 개발되기를 바라기도 했다. 멋진 복장으로 출근하는 것은 환상임을 알면서도 쉽게 버리지 못했던 것은 30대에 나는 특별한 꿈이 없었던 이유는 아닐는지.

아이들 자라는 거 사진으로 남겨서 앨범에 넣고 한마디씩 적어주는 재미로 지나온 시간이었다. 부모가 돼서 유일하게 남겨줄 만한 유산이라고 생각한 것이 앨범이다. 이다음에 살면서 힘든 일 생기면 엄마가 달아준 댓글 보면서 힘 있게 살아가라고 정말 열심히 찍어서 앨범에 차곡차곡 정리해 주었다. 지금 생각해 봐도 너무 대견스럽게 잘한 일이다.

불혹(不惑)이라 했던가? 미혹(迷惑)되지 않는 나이, 무엇에 홀려도 정신을 차릴 수 있다는 나이. 문학을 하기 전까지는 대중들에게 인기를 얻어 성공해 있는 꿈만을 생각했다. 하지만 현실에 있는 나는 나의 길을 걸어야 했다. 허전한 그 무엇을 채우기 위해, 그리고 언제까지 아이들이 곁에 있어주는 것도 아니라는 사실을 깨우친 순간 집을 나섰다. 언제나 그리움의 대상이었던 문학을 하기로 했다. 문학을 하면서 나 자신을 찾아가는 훈련이 필요했다. 인간 세상의 괴로운 일, 기쁜 일을 글로 풀어 써 내려가면서 나름대로 의미 있는 삶을 만들고 싶었다.

그렇게 의미 없게 여겨졌던, 그래서 집안일이 너무 힘든, 그리고 밥하고 빨래하는 일이 하나도 즐겁지 않았는데, 타샤 튜더라는 미국의 동화작가이자 삽화가인 할머니의 말 한마디에 집안일이 즐거워질 수 있었다.

"가정주부라 무식한 게 아니다.
나는 다림질, 세탁, 설거지, 요리 같은 집안일을 하는 게 좋다.
직업을 묻는 질문을 받으면 늘 가정주부라고 적는다.

찬탄할 만한 직업인데 왜들 유감으로 여기는지 모르겠다.
잼을 저으면서도 셰익스피어를 읽을 수 있는 것을."

『네가 어떤 삶을 살든 나는 너를 응원할 것이다』 224쪽, 공지영

잼을 저으면서 셰익스피어를 읽는다. 이보다 더 정답일 수는 없다. 내 식으로 바꾸면 조정래 씨의 소설을 읽으면서 걸레질을 할 수 있고, 오창익 교수의 강의를 되새기며 교수님의 『북창을 향하여』를 보면서 행주를 삶을 수 있는 정도가 되는 것이다. 문학이 주는 낭만과 커피 향을 즐길 수 있는 시간인 셈이다. 지금 공부하고 있는 수필문학은 엄마로서, 아내로서, 주부로서 모두를 돌보면서 할 수 있는 일인 것이다. 50을 바라보는 지금은 지난날의 꿈과 사뭇 다른 꿈을 나는 꾸고 있다. 누군가가 나에게 꿈이 무엇이냐고 묻는다면 지금이나 미래나 '가정주부로 살면서 일상에 감사하며 그저 나로 사는 것'이라고 답할 것이다.

2017년 8월

개인적인 글 13

요술 미인

증명사진을 찍어본 지가 언제였지? 기억이 나지 않는다. 몇 해 전 나라에서 찍어준 증명사진을 가지고 새 주민등록증을 만들었는데 누가 봐도 지명수배범이었다. 이십 대 후반이라서 피부와 얼굴에 자신이 있는 나이었는데, 남편과 나는 서로의 주민등록증을 들여다보며 씁쓸하게 웃었던 기억이 있다.

아이들 학생증과 생활기록부에 붙일 사진이 필요하다고 제출하란다. 언제나 새 학년이 되면 연중행사처럼 치르는 것이 증명사진 찍기이다. 한 해, 한 해 아이의 변한 모습을 볼 수 있어서 흐뭇하게 남는 자료가 되기도 한다. 중1 처음 입학할 때의 큰애는 앳된 모습이었는데, 고1 올라가서 찍은 사진은 얼굴에 각이 잡힌, 아직은 덜 성숙한 모습을 보여주었다. 작은애는 아주 아기 같다. 머리를 단정하게 빗겨주고 얼굴의 여드름을 신경 써 달라고 했더니, 고맙게도 사진관

사장님께서는 피부 미인으로 만들어 주셨다.

졸업식 때도 친한 친구 몇 명이 사진을 찍고 서로 보관하는 게 유행인가 보다. 사진 속 아이들 웃는 모습이 예쁘다. 꾸미지 않고도 저렇게 예쁠 수 있다는 것이 젊음이 아닌가 싶다. 머리를 묶고 모자를 쓰고 귀여운 포즈를 취하면서 그냥 봐도 예쁜 모습을 아이들은 더 살리고픈 귀여움이 남았는지, 다들 자세를 잡고 순간을 카메라에 담았다.

증명사진을 찍는다면 나는 어떤 모습일까? 순간 궁금해져서 증명사진을 찍어보기로 했다. 사진 속 나는 어느 세월 속에 살고 있을까? 아이들도 모두 나가고 남편도 집에 없는 토요일 오후. 머리를 손질하고 가볍게 화장을 하고 거울을 보며 얼마만큼 웃어야 하는지 연습을 했다. 이가 보이게 웃으면 안 되겠다. 주름살이 많이 잡힌다. 옷은 평상시에 즐겨 입는 것을 입어야 어색하지 않을 것 같다. 찍어도 될까? 증명사진을 왜 찍느냐고 물어보면 뭐라 답을 해야 할까?. 이 긴장감은 어디에서 오는 것일까? 사진을 받아들고 내 모습에 실망이라도 하면 어쩌나 하는 걱정까지 표정에 묻어나면 안 되는데, 최대한 아주 자연스럽게 찍어야 하는데.

"넉넉잡고 한 시간 뒤에 오세요."

한 시간만 있으면 나를 만나볼 수 있는데 가슴이 두근거린다. 주름살은 어떻게 나올지, 기미 주근깨는 어떻게 나올지, 얼굴만 나온다지만 보이지 않는 내 자세에 자신감은 붙어 있을지? 괜한 걱정을 사서 하고 있다.

"이 사람, 저 맞아요?"

주민등록증이나 여권 사진이 아니라 했더니 아저씨께서 요술을 부려 놓으셨다. 한 시간 지나서 찾으러 간 사진 속 나는 그곳에 없었다. 아니, 옷을 봐서는 내가 맞다. 너무 젊다. 눈썹은 건드리지 않았단다. 눈썹 화장을 하지 않았는데 내 눈썹은 정말 예쁘고 짙다. 주름살도 없어지고 기미 주근깨가 없어졌다. 너무 신선한 여인이 사진 속에 있었다. 피부만 정리했다는데 이렇게 달라질 수 있을까? 내가 이렇게 예뻐도 되는지, 이렇게 젊어도 되는지 누구에게 물어볼 수 있을까.

집에 와서 잘 들여다보니 양악수술도 해놓았다. 오랜 세월 동안 씹어 먹느라 턱에 각이 생겼는데, 사진 속 여인은 달걀형에 여유 있는 미소를 짓고 자세를 잡고 있었다. 고통 없이 양악수술을 해서 예쁘기는 한데, 원래의 모습으로 다시 뽑아야 하는 것 아닌지 잠시 고민을 했다. 생긴 대로 살자는 것이 나의 주장인데 성형수술 된 미모의 여인을 보니, 나도 아직은 괜찮은 외모를 가지고 있구나 했다. 사진은 그냥 가지고 있어야겠다. 남편과 아이들 지갑 속에 한 장씩 넣어주고 엄마의 외모를 과시해야겠다.

세월이 더 지나 증명사진을 찍는다면 그때는 내 모습 그대로 담아 달라고 해야겠다. 요술 미인이 된 나보다는 세월을 좀 겪은 나 자신을 보고 싶다. 내 욕심만 부리고 살아서 마귀 할머니처럼 흘러내린 얼굴이 아닌, 예쁜 마음을 품고 살아서 미소가 살아 있고, 표정이 굳어 있지 않은 나를 만나고 싶다. 주름이 있고 기미가 있으면 어때? 난 언제나 젊은데. 미래의 어느 날은 지금보다 더 아름다운 여인이 사진 속에 있을 것이다.

2013년 4월

아이의 모습이 환하게 내 눈에 들어온다.
또래 속의 아들은 그저 평범했다.
평범한 아이인데 특별할 거라는 생각에 너무 많은 영양분을 주려 했다.
지금은 너무도 고맙게 친구들과 잘 웃고, 얘기 잘하고, 장난도 하는
얼굴이 환한 아이가 되었다.
아이가 스스로 뿌리를 내릴 수 있게 두어야 했다.

인생

\- 성장과 고향에 대해서 -

명달리(1)

누군가에게는 정겨운 곳이 누군가에게는 지치고 힘든 곳이 될 수 있다. 내 마음의 고향 명달리가 그런 곳이다. 나에겐 추억이 담긴 곳이지만, 그곳을 시댁으로 둔 엄마나 작은엄마들에게는 시금치도 먹지 않는다는 '시댁'인 것이다. 경기도 양평군 서종면 명달리. 30년 전에 땅을 사놨다면 굉장한 수익을 올렸을 법한, 전원주택지로 인기를 누리는 서종면이다.

명달리는 내가 태어난 곳은 아니다. 난 서울태생이다. 1남 5녀의 살림을 꾸려나가기가 여의치 않은 엄마는 나를 어디에 자주 보냈다. 6살 무렵에는 서종면 노문리에 계시는 큰이모댁과 양평군 옥천면에 계시는 막내이모댁에 가 있었다. 명달리는 입학하기 전 1년과 초등 1년을 할머니 손에서 자라면서 보낸 곳이다. 자연스레 난 시골이라는 곳이 마음의 고향이 된 것이다.

할아버지께서는 돌아가시고, 할머니는 연로하셔서 지금은 그곳에 계시지 않다. 아무도 살지 않는 집, 아버지께서 농번기와 가을걷이 때 다니러 가고 휴가 때 가끔씩 물놀이를 하러 가는 곳, 외지인들의 전원주택이 너무 많이 들어와 나 어렸을 적의 시골 촌이라는 이미지는 사라진 지 오래되었지만 난 그곳이 좋다. 가족과 떨어져 있어야 했던 꼬마의 외로움이 있던 곳이고, 어느 선생님을 생각나게 하는 그런 마음이 아픈 곳이기에 떨쳐버리고 싶지만, 그럴수록 더 진하게 다가오는 곳이기에 버릴 수 없는 그런 곳이다.

부모의 그늘이라는 것이 그런 건가 보다. 아마 제사 때문에 엄마가 시골에 내려오신 것 같다. 학교에 다녀왔는데 엄마가 와 계셨다. 엄마는 나를 보자 빨래를 할 거라며 내복을 갈아입으라 하셨다. 할머니가 빨래를 어떻게 해주셨는지 기억에는 없지만, 엄마가 빨래를 해준다는 하나만으로 난 무척 흥분해 있었던 것 같다. 문풍지 문 가운데 작은 유리로 밖을 내다볼 수 있었는데, 내 눈은 엄마의 동선을 따라다녔다. 엄마가 왔으니 할머니 심부름은 하지 않아도 될 터였다. 가마솥에서 뜨거운 물을 퍼 대야에 넣고 빨래를 주무르는 엄마의 모습에 왜 그리 힘이 솟았는지. 하지만 그 날이 지나고 다음 날 아침에 엄마는 계시지 않았다.

한번은 명달분교가 정배초교에 가서 운동회를 했었다. 갈 때는 아버지, 엄마와 함께 갔었다. 운동장에서 하는 경기 때는 분명히 계셨는데, 교실 같은 곳에서 하는 경기 때 주위를 둘러보니 부모님이 계시지 않았다. '아까까지는 분명 있었는데.' 하면서 연신 주위를 둘러보았지만, 어디에도 계시지 않았다. 나를 두고 조용히 두 분이 가신 거였다. 그때의 허전함을 어떻게 표현할까? 첫사랑과 헤어지고 조용히 카페를 걸어나오는 허전함 정도? 아니다. 내가 느낀 허전함은 이것의 몇 곱절이나 큰 것이었다. 어린 내가 견뎌내기에는 꽤 커다란 슬픔이었다. 울고 싶었지만, 아이들 틈바구니에서 울 수가 없었다. 그날의 운동회는 그 뒤로 기억에 남아 있지 않다. 그저 울지 않고 참았다는 것만 기억에 남아 있다.

명달리는 나에게 또 다른 슬픔이 있는 곳이다. 내가 초등 1학년 때는 학교로 쓰던 건물이 지금은 자연학습장으로 개조해서 쓰고 있다. 이 건물 옆에서 산을 올려다보면 산소가 하나 있었다. 선생님 무덤이다. 지금은 울창한 나무에 가려져 보이지 않고, 그 선생님 자제분이 이장했다는 얘기를 얼핏 들은 것 같기도 하다. 내가 초등 1년 때의 담임선생님에 대한 기억이다. 유독 질문이 많은 나에게 짜증 한번 내지 않고 답을 다 해주셨다. 이 선생님도 서울에 가족을 두고 혼자 와 계신 까닭에 나를 많이도 생각해 주셨던 것 같다. 이 선생님이 나에게 좋은 선생님이었다는 사실은 내가 초등 2년 때 서울 학교로 전학을 와서 알았다. 시골에서와같이 난 질문을 했다. 하지만 선생님은 내 작은 목소리에 답도 해주지 않았고, 이상한 아이 취급을 했다. 시골의 선생님을 그리워하던 초등 2학년 3월인가 4월쯤이었는데, 선생님께서 돌아가셨다는 얘기를 듣게 되었다. 동네 분들과 술 한잔 하시고 개울둑을 지나가다 발을 헛디뎌 떨어지셨다는 것이다. 그 얘기를 듣던 날 밤, 밤새워 소리 없이 울었다. 여창현 선생님, 지금은 돌아가신 지 30년이 넘었다.

몇 번 데리고 가지 않았는데 우리 애들이 명달리를 무척 좋아한다. 조용하고 흙이 있어서 좋단다. 공기도 좋고 밤하늘의 별들이 쏟아져서 좋단다. 그곳에 집을 지으라는 큰아이의 말에 마음속에 집 하나를 짓는다. 큰 집은 짓지 않을 것이다. 내 어릴 때 추억만큼의 작은 집을 짓고, 마당에 툇마루를 하나 만들어 지나가는 나그네가 쉬어 가게 하고 싶다. 그리고 작은 텃밭을 가꾸었으면 한다. 아이들 양념을 대어줄 농사를 지으면서 책을 보면서 지냈으면 좋겠다. 글도 쓰면서 지낸다면 더욱 좋겠다.

2012년 6월

명달리(2)

사라져 가는 것들에 대한 그리움, 그리고 아쉬움.

"언니, 발만 담그고 있어도 시원해!" 가만히 있어도 땀이 흘러 눈에 들어가 눈이 따갑던 어느 날 동생한테 전화가 왔다. 휴가차 시골에 갔는데 개울물이 너무 시원해 그 시원함을 나에게 전해주고 싶었단다. 물이 너무 시원하고 깨끗하단다. 당연하지. 명달리 물 좋은 것은 알 만한 사람들은 다 알지.

"언니, 근데 개울 내려가기가 쉽지 않아. 펜션에서 다른 길을 모두 막아놓고 펜션에서만 내려갈 수 있게 해놓았어." 뭣이? 길을 막고 다른 사람들의 출입을 통제한다고? 동생의 이어진 말은 물이 아래로 내려갈 수 없게 넓게 웅덩이를 만들고 물 내려가는 부분에 돌을 쌓아 막아 놨다는 것이다.

명달리에 도착하면 제일 먼저 반기는 곳이 '명달분교'이다. 지금은 개조해 자연학습장으로 쓰고 있지만, 예전에는 전교생 60여 명의 작은 학교였다. 운동장 한편에 놀이기구가 있었다. 그래, 생각난다. 같은 학년 남학생이 양손으로 잡고 빙글빙글 돌리며 타는 기구를 한 손으로 잡고 돌려 타다가 떨어져서 깁스를 했는데. 그 옆쪽으로 화장실이 있었는데 매일 그곳에서 '파란 종이 줄까, 빨간 종이 줄까' 하는 귀신이 있다고 해서 무척 무서워했었다.

학교건물 입구. 교무실을 합쳐 교실이 4개 있었다. 한 교실에 2개 학년이 수업을 했었다. 내가 1학년 때 1, 2학년 담임을 했던 분은 여창현 선생님이셨다. 겨울을 지나오고 따뜻한 봄이 오면 우리는 볕 좋은 건물 입구에 앉아 서로의 '서캐'와 '이'를 잡아줬었다. 더운 날 쉬는 시간에는 학교 바로 옆 개울에서 팔다리를 씻고 다시 수업에 가곤 했었는데.

학교를 지나 조그마한 다리가 하나 있다. 할머니가 계실 때 마을에 집이 세 채뿐이라고 '삼태봉'이라고 불렀는데, 학교와 삼태봉을 이어주는 유일한 다리이다. 다리를 지나 삼태봉으로 가기 위해 나지막한 언덕이 있었다. 할머니 심부름으로 해 질 녘 그 길을 지나가다 노을을 보고 무서워 뛰어갔던 생각이 난다. 지금은 노을을 보면 아름다움에 빠져버리지만, 그땐 빨간색은 죄다 무서워 겁에 질리곤 했었다. 조촐했던 삼태봉에 지금은 예쁜 집들이 많다. 외지인들이 전원주택을 지어 들어와 살기에 지금은 예전과 비교하면 이국적인 분위기가 강하다.

삼태봉의 맨 끝 집은 친구네다. 지금은 펜션이 들어와 있는 자리이다. 친구네 마당을 지나면 '퉁퉁소'라고 하는 개울로 내려갈 수 있었다. 깊은 곳이라고 해야 어릴 적 내 허리 정도의 깊이였다. 그리 위험하지 않아서인지 우리는 퉁퉁소에서 꽤 자주 놀았다. 개울 주변에서 오디도 따 먹고, 버들강아지로 버들피리도 만들어 불던 생각이 난다. 버들피리 만들 때 나무껍질은 그대로 두고 안쪽 나무만 잘 꺼내야 하는데, 친구 오빠는 꽤나 잘 만들었었다. 지금도 껍질은 두고 안에 것만 어떻게 꺼냈는지 궁금하다.

내가 어릴 적 할머니는 밭에 가서 호박을 따오게 하셨다. 밭에 씨를 뿌리기 전에 밭에서 골라낸 돌을 한쪽으로 쌓아 놓으면 작은 돌무덤이 되는데, 이곳에 할머니는 호박과 오이를 키우셨다. 고추장 물에 호박과 감자를 넣고 끓인 찌개는 저녁 밥상을 소박하지만 푸짐하게 만들었다. 오이 넝쿨에서 자란 오이도 한두 개 따다가 그냥 먹곤 했었는데, 그곳에 모르는 사람이 들어와 집을 지었다. 유럽의 건물을 옮겨 온 듯한 아주 멋진 집이 들어왔지만, 돌 무덤 위로 자란 호박 넝쿨과 오이 넝쿨 만큼은 내 마음을 채워주진 못했다.

삼태봉에서 20분 정도 산속으로 더 들어가면 마을이 하나 있었다. 어른이 혼자 겨우 지나다닐 수 있는 좁은 산길을 3남매가 명달분교로 통학을 했었다. 비나 눈이 너무 많이 온 날을 제외하고 3남매는 매일 그 길로 다녔다. 그곳을 '나가토골'이라고 불렀는데 난 지금도 그곳에는 가보지는 않았다. 결혼 후 남편과 그곳에 가보겠다고 산길을 갔었는데 산길도 제대로 없고, 나무가 우거져 무서워서 그냥 되돌아온 적이 있다. 학창시절 언젠가 나가토골에 사는 가족들이 그곳을 떠났다고 얘기를 들었고, 어느 누군가 대신 들어와 산다고만 전해 들었다. 유일하게 한 집 있던 그곳에 지금은 한적한 곳을 찾아 들어온 가구가 몇 채 된다고 한다.

초등학교 1학년 무렵, 그때 술을 처음 먹어봤다. 할머니는 유일하게 있는 가게에 가서 막걸리를 받아오게 하셨다. 사람들은 그곳을 '다리께'라고 불렀다. 한 되나 두 되를 사오게 하셨는데, 아주 커다란 항아리에서 주인아저씨가 덜어서 팔았다. 어느 날은 그 맛이 궁금해졌다. 주전자 뚜껑에 덜어 먹었는데 처음에 한 뚜껑이었던 시음이 나중에는 세 뚜껑을 넘겨 먹은 적도 있었다. 그 맛은 어린 나에게도 아주 매혹적이었다. 달짝지근하면서 알코올이 조금 섞인 물보다 조금 진한 술이었던 것 같다.

할머니네 집 뒤꼍에 우물이 하나 있었다. 깊은 우물은 아니었고 산에서 졸졸 흐르는 물을 받아 식수나 가벼운 손빨래를 하는 정도로 이용하는 물이었다. 도시에서 학교 다니다가 방학 때 시골 가면 제일 먼저 하는 것이 우물물을 맛보는 거였다. 여전히 달고 깨끗한 물을 난 아무런 탈 없이 먹곤 했는데, 누구네 집 손자가 방학 때 시골 와서 물 갈아 먹고 배탈이 났다는 등 몸에 두드러기가 났다는 얘기를 종종 듣곤 했다. 난 어려서부터 먹었던 물이라서 탈이 없었나 보다. 그런데 언제부턴가 물맛이 바뀌었다. 삼태봉에 늘어난 가구 때문에 지하수를 팠는데 그때부터였던 것 같다. 단맛은 간데없고 산에서 물이 내려오지 않아 우물이 말라버렸다. 이제는 그 물맛이 기억에만 있다.

몇 년 전 명달리에 다녀온 적이 있었다. 이상하다. 명달리는 시골인데 우리 집까지 오면서 흙 한번 밟지 않고 왔다. 꼬불꼬불 산길에 흙이 많아 흙길을 달릴 때는 창문을 닫아야 했고, 길이 울퉁불퉁해서 자리에 앉아 있어도 엉덩이가 춤을 추는 것은 당연했는데, 산을 깎아 직선도로를 만들고 도로를 포장해서 옛날의 정취는 사라지고 없었다. 저기 저 산은 새로운 도로를 만들려고 하나? 민둥산이다.

붙잡아 두고 싶은 게 어릴 적 추억만이 아니다. 내가 맛보았던 우물 맛과 푸른 산만큼은 나 어릴 적 그대로 붙잡아 두고 싶다.

2015년 9월

내 인생의 고추장

오전 6시 30분. 전날 밤, 동네 아줌마가 가방 보러 가자, 옷 보러 가자라는 달콤한 유혹을 물리치고 집을 나섰다. 일주일 전에 엄마랑 약속을 잡아 놨었다. 큰언니네로 고추장을 담그러 가기로 했다. 시골을 떠나온 지 40년이 넘는 엄마의 아파트에서는 장을 담그기가 여유롭지 못하다. 8409번을 타고 서울 외곽도로를 따라 판교를 지나 엄마를 만나러 가고 있다.

7시쯤 라디오를 켜는 것으로 하루를 시작해온 나. 차 안 라디오에서는 '손석희의 시선 집중'이 나오고 있었다. 운전기사께서는 잠자는 사람들을 위해 낮은 소리로 틀어 놓았나 보다. 나는 소리가 좀 더 컸으면 좋겠는데….

7시. 우리 둘째를 깨우기에 늦은 시간이다. 6시 50분쯤에 깨워서 머리 감기고 해야 하는데. 특기적성이 있는 날은 제 오빠보다 훨씬 일찍 나간다. 7시 20분. 아이들 아침을 차려야 한다. 엊저녁에 싱크대에 넣어 놓은 밥공기랑 수저를 씻고, 달걀부침을 하거나 누룽지를 끓이거나 저녁에 먹다 남은 찌개를 데워서 준다. 7시 30분. 우리 큰아이를 깨워야 할 시간이다. 항상 제일 늦게 깨우는데 굉장히 힘들게 일어난다. 등교를 한창 도와줘야 할 7시 40분. 구리역에 도착했다. 출근을 서두르는 사람이 많았다. 나도 한때는 저들 틈에 끼여 바쁜 출근길을 걷곤 했는데…. 잠시 옛 생각이 났다.

엄마를 만나 용문행 전철을 탔다. 개통한 지 1년 남짓한 용문행 전철에는 등산복장을 하신 분들이 많았다. 어릴 때부터 많이 지나온 국도 6번 길의 풍경이 그리 낯설지는 않다. 큰언니가 용문에 들어가 살면서부터 더 자주 가게 되는 이 길은 고향길처럼 포근하고 부담 없는 길이다. 용문역에 내려 들기름 냄새가 가득한 방앗간에 들렀다. 개량 메주를 사기 위해서다. 어느 어르신의 부지런함이 고픈 배를 자극한다. 아주 고소하게.

고추장에 필요한 것들이 아주 복잡할 줄 알았는데 뜻밖에 간단했다. 엄마가 준비한 고춧가루 20근 정도, 마트와 방앗간에서 산 밀가루 9kg, 엿기름 2.5kg, 물엿 큰 것 하나, 소금 4바가지 정도, 개량 메주 4kg 정도, 소주 3L 정도. 내가 외우기에 부담이 없었다.

아침을 먹고 고추장 담그기가 시작되었다. 엄마의 손맛과 아버지의 거들어 주심과 배우고자 하는 나의 열정으로 1년 정도 먹을 고추장이 맛있게 완성되겠지?

만드는 방법은 엿기름물에 밀가루를 푼 다음 4시간 정도 끓여준다. 이때 주의할 점은 처음 2시간 정도는 계속 저어줘야 한다. 그래야 솥단지 바닥에 눌러붙는 것과 타는 것을 피할 수 있다. 엿기름이 삭혀지면 신기하게도 눌어붙거나 타지 않는단다. 충분히 끓여지면 뜨거울 때 메줏가루를 넣어야 한다. 이것은 메주 냄새를 없애기 위함이다. 고춧가루, 소주, 물엿, 소금 등을 넣고 잘 저어 준다. 덩어리진 것이 없이 1시간 정도 저어준 것 같다.

고추장을 만드는 동안 봄을 시샘한 꽃샘추위도 친구가 되어 줬고, 아랫집 아저씨의 뭘 두르리는 듯한 작업 소리도, 바람에 떨어지는 낙엽도, 엄마와 아버지의 옛이야기도 친구가 되어줬다. "다른 집은 찹쌀고추장, 보리고추장도 만든다지? 근데 난 밀가루 고추장이 제일 좋던데." 이렇게 다른 집과 비교하는 엄마의 넋두리도 친구가 되어줘서 심심치 않게 시간을 보낼 수 있었다.

엄마의 손맛이란 참 신기하다. 대충 집어넣은 것 같은데 어느새 잘 어우러져 엄마의 맛이 나온다. 세월의 경험과 연륜이라는 것이 음식 맛에서도 발휘하는 것 보면 누적된 시간의 힘이란 참으로 대단하다. 작은 항아리 3개에 나누어 담아서 볕이 잘 드는 옥상에 올려놓았다. 바람 맞고, 비 맞고, 가끔씩 찾아와 뚜껑 한번 열면서 "익었나?" 하는 사람들의 입김까지 먹어가면서 고추장은 익어가겠지. 초여름이 시작되면 엄마의 새끼들은 엄마의 노고도 잊은 채 엄마의 손맛을 즐길 것이다.

이 고추장은 내가 혼자 한 게 되어버렸다. 멀리서 왔다는 이유만으로 공치사를 내가 다 받았다. 다음 달에 된장을 담근단다. 그때도 새벽길을 걸어 엄마, 아버지를 도와야겠다. 집에서 조청을 두 번 만들어 먹었다고 하니, 퇴근해서 돌아온 언니가 나보고 엄마의 손맛을 물려받으란다. 장 담그는 것 배워서 나만 먹는다는 농담이 무르익을 때쯤엔 뒷설거지까지 끝이 났다.

금만큼이나 찬란히 빛나는, 다이아몬드만큼이나 순간을 기억하고픈, 나의 고추장 담그기는 엄마의 사랑과 정성이 담긴 고추장이다.

2012년 3월

자란다는 것은

1. 빨간 댕기

봉숭아꽃이 터졌다. 꽃물이 하얀 솜을 빨갛게 물들였다. 요청을 빼서 빨고 솜을 햇볕에 말리면서 자연이 주신 계절의 변화에 모두 성숙되고 있음을 느낀다. 아기씨를 뱃속에 넣고 생활을 하는 아이에게 엄마로서 말해줄 수 있는 모든 것은 말을 해준 것 같다. 그때마다 건성으로 듣는 것 같아 내심 걱정을 많이 했는데, 아이는 어느덧 잘 자라고 있는 것을 증명이라도 하듯 아무런 부끄럼 없이 요 위에 빨간 꽃물을 들였다.

나의 그 첫날은 무척 힘든 하루였다. 어떤 말을 어떻게 해야 할지 몰라서 혼자 전전긍긍했었다. 체육 시간이 싫었다. 왜 하필 담임은 남자 선생님이었는지, 왜 아이들은 저렇게 잘 뛰어노는지, 학교 수업 시간이 그렇게 길게 느껴지고, 무서움에 나를 어디로 보내야 할 것 같다는 생각들로 가득 차 있었다. 저녁때 언니들에게 조심스럽게 말을 꺼냈다. 무슨 죄라도 지은 것처럼 긴장감으로 조용히 속삭였는데 언니는 대수롭지 않게 받아들였고, 외출하고 들어오시던 부모님께 떠들어대기 시작했다. 그 순간에 난 울었다. 지은 죄를 울음으로라도 면죄부를 받고 싶다는 생각이 들었나 보다.

자연의 섭리에 대해서 뭐가 그리 무서웠을까? 나에겐 아무런 준비가 없었던 것이다. 사전에 부모님께 들은 말이나 선생님께 받은 교육은 없었다. 숨겨야 하는, 알리면 안 되는 당연한 진실 중의 하나였다. 언니들이 있었지만, 언니들도 동생에게 미리 얘기를 해준 것 같지는 않다. 때가 되면 그냥 저절로 알아가는 것이고 적응해가는 것이라 여기던 시절이었다.

교육의 힘은 놀랍다. 익숙지 않은 표현이라 엄마는 애를 먹었는데, 아이는 자연스럽게 자기네들만의 은어인 '딸기잼'이라는 단어로 표현하고 있다. 아이의 표현에 살짝 웃음을 짓고, 키우면서 표현할 수 있는 멍석을 잘 깔아준 것 같아 뿌듯하다.

매번 요 피를 빨 수가 없어서 요 위에 면 패드를 깔아줬다. 세계지도면 어떻고, 태평양 대서양을 그리면 어떠랴! 나의 아기는 씨앗을 잘 품고 있다가 다달이 어른이 되어가고 있는데. 빨간 댕기로 아이 머리를 묶는 엄마의 마음은 잠자고 있는 나의 아기에게 살짝 입맞춤을 보낸다. 자란다는 것은 키우는 보람과 함께 언젠가는 엄마 품을 떠나는 서운함이 아닐까?

2. 사춘기

"축하해, 아들."

"뭐, 축하까지…."

이론적으로 '여자는 더 여자답게, 남자는 더 남자답게'란 교육내용으로 아이에게 말을 하기엔 궁색하기 그지없다. '대한민국의 건강한 남자'임을 강조하면서 애기를 해왔지만, '아들'이라는 신분이 때론 우리 부부의 표현의 한계점을 드러내는 경우가 종종 있었다. '몽…정…'이라는 단어를 어렵게 꺼낸 아이에게 "축하해!"라고 큰 소리로 말을 했지만 그다음은 어떤 말로 대화를 이어갈지 막막하기만 했다.

언제부터인가 욕실에 혼자 들어가고 문을 잠그기 시작했다. 아마 엄마 키를 넘기고 아침저녁으로 머리를 감기 시작할 때부터인 것 같다. 제 동생과 욕조에서 물장난도 하지 않고 재워 달라고 한 횟수도 줄어들었다. 그분이 오신 것이다. 아직까지는 주위 사람들을 힘들지 않게 하지만, 머리에 신경을 쓰고 교복을 입지 않는 날에는 티

하나 입는 것도 색상에 엄청 신경을 쓴다.

지난날에는 이어폰을 사달라고 했다. 핸드폰에 연결해서 제 좋아하는 음악을 듣고 다닌다. 나의 학창시절에는 '마이마이'라고 하는 조그마한 라디오를 이어폰으로 연결해서 귀에 꽂고 듣곤 했었다. 요즘은 핸드폰이 그 역할을 대신한다. 고전음악을 들을 때는 어느 정도 공감대가 형성되었는데, 지금 아이가 듣고 있는 음악은 별나라에서 왔는지 나의 귀에는 전혀 들어오지 않는다. 순진하기만 한 아이도 그분이 오시니 그 시기에 해야 할 것은 다하고 넘어가야 하나 보다. 요즘은 그분이 오신 걸 자축이라도 하듯 기타 연습에 한창이다. 악보를 인쇄하고 몇 번 듣기를 반복하고 나서 코드를 잡아본다. 충분히 연습이 이루어졌다고 생각되면 엄마 아빠 앞에서 연주를 하지만, 아직 성숙되지 않은 아이의 품성처럼 부족한 부분이 보이는 실력이다.

아이가 어른이 되기에는 아직 이른 것은 아닐는지. 아이의 손끝에서 흘러나오는 가늘고 감성적인 멜로디는 미성숙 소년임을 보여준다. 그 누구도 준비가 안 된 나의 사춘기 시절, 나에게는 음악도 없었고, 가족들도 멀게만 느껴지던 때였다. 아이의 멜로디는 그때 그 과거의 나의 사춘기의 외로움을 떠올리게 했다. 우리 부부가 아직 준비가 안 되어 있는데, 아이가 사춘기라는 친구와 함께 들어왔는데 어찌해야 하나?

아이는 자고 나면 꿈이 바뀌고 새로운 일에 관심이 많다. 요즘은 일본만화에 관심이 많다. 일본만화가 주는 즐거움은 엄마 아빠가 주는 사랑에 견줄 만한가 보다. 그만 보라는 호통에도 아랑곳하지 않고 컴퓨터에서 시선을 떼지 못한다. 엄마 품에서 젖을 빨던 때가 엊그제 같은데 어느새 커서 엄마의 품에서 멀어져 간다. 오늘도 연습한 곡을 들려주는 아이에게 살짝 입맞춤을 보낸다. 자란다는 것, 그것은 키우는 보람과 함께 오는 흐뭇한 마음이 아닐까?

2013년7월

시험감독

명찰을 받았다. '보람교사'라 적힌 이름표를 목에 걸고 지정된 교실로 들어갔다. 간혹 어느 선생님께서는 학생들에게 인사를 시켜주신다. 그럼 답례를 한다. "얘들아, 반갑다." 나는 지금 중학교 학부형의 자격으로 사회와 국어시험에 부감독으로 들어와 있다.

그런데 아그들아, 반가운 것은 반가운 거고, 너희들에게 할 말이 있어. 뒤에서 세 번째 앉은 아이. 그래 너! 너 왜 벌써 엎드리는 거니? 이제 겨우 시험 시작한 지 5분 지났어. 학년, 반, 번호는 마킹하고 엎드리는 거니? 혹시 3번으로 기둥을 세우고서 포기하겠다는 속셈인가 본데, 우선 시험에 참석해줘서 고맙다고 인사를 해야겠다. 결석하지 않고 등교해준 것에 대한 고마움은 선생님 못지않게 이 아줌마도 알고 있단다.

아그야, 그런데 그건 시험에 대한 예의가 아니라고 생각해. 시험에 대한 준비가 없었더라도 저 밑바닥에 있는 기억력을 총동원해 문제라도 읽어봐야 하는 거 아니니? 문제를 읽어 봤는데도 답을 모르는 경우에야 할 수 없이 찍는 거지. 그래, 그래. 네 말대로 그렇게 했다가는 한 문제도 못 맞추고 답 사이로 막 갈 수도 있어. 하지만 시험 보기 전 쉬는 시간에 잠깐 보는 교과서에서 얼마나 많이 나오게. 이 아줌마도 경험했잖아. 그때 잠깐 본 것이 신기하게 시험에 다 나왔을 때의 짜릿함, 답 사이로 막 가도 내가 풀어서 맞춘 문제는 다음 시험에 새로운 희망을 주거든. 나도 할 수 있다는.

아그야, 네가 OMR 카드에 기둥을 세우고 엎드려 잘 때, 아! 시간이 이렇게나 많이 남았는데. 시험시간이 끝나려면 아직 40여 분이 남았는데, 저 아그야는 어젯밤에 무엇을 했을까? 혹시 컴퓨터 게임을 하다가 새벽을 맞이한 것은 아닐까 하고 교실 뒤에서 감독하면서 얼마나 안타까워하는지 아니? 5분여 만에 포기하기에는 학창시절이 너무 아깝잖아. 네가 생각하는 것처럼 인생이 그리 길지는 않아. 공부가 인생의 전부는 아니라고 해도 나중에 기회가 왔을 때 잡으려면 주어진 때에 최선을 다하는 것이 현명하다고 이 아줌마는 생각해. 우리 다음에 또 만나게 되면 문제 읽어보지도 않고 포기하는 그런 모습은 아니길 바라.

맨 뒤에 앉은 아그. 그래 너! 잘 생겼네. 넌 꿈이 화가 아니면 만화쪽인가 보다. 시험지 여백에 뭐 그리 그릴 것이 많을까? 그림 참 잘

그린다. 볼펜으로 한 번에 그린다는 것은 이 아줌마는 상상도 할 수 없는 일이지. 어디 보자. OMR 카드에 마킹은 되어 있는데, 시간상으로 보니 문제 읽고 답 찍고, 문제 읽고 답 찍고 했구나.

아그야, 화가이든 만화가이든 왜 지식이 필요한지 아니? 스토리가 있어야 하거든. 그림으로 표현해도 작가 나름의 성향과 감동을 줄 수 있는 스토리. 거기에 윤리적인 사상이 더해져야 유머를 해도 촌스럽지 않은 유머가 되고, 시사비평을 해도 깊이가 있는 메시지를 대중에게 전할 수 있는 거야. 너 한 번으로 기억되고 마는 그런 작가는 안 될 거잖아. 그것 봐. 대중에게 오래 남는 그런 작가가 되려면 시험시간도 내 그림 세계의 연장선이다 생각하고, 그림 그리는 시간의 반만이라도 교과과목에 충실했으면 하는 것이 이 아줌마의 생각이야.

거기 앉은 여학생, 똑바로 앉아야지. 허리를 바로 세우고 다리 모으고. 앞에서 보면 다 보여. 안 보일 것 같지? 그런데 재미있게 손짓 하나하나가 다 보인다니깐. 서랍에 손을 왜 넣었나 했더니 빗을 꺼냈구나. 시험보다 말고 머리까지 빗고, 입술을 아침에 바르고 나왔구나. 얼굴도 좀 하얗게 바르고. 화장 안 해도 예쁠 때인데, 오히려 화장하는 게 더 어색해서 학생다운 참신한 멋과 순수한 멋이 가려지잖니.

너희 또래는 화장하지 않아도, 그다지 멋을 부리지 않아도 얼마나 예쁜지 아니? 과히 환상적이지. 떨어지는 낙엽만 봐도 까르르 웃을 때는 이 세상에 웃음만이 존재한 것 같은 착각에 빠지기도 하지.

이 아줌마도 그런 시절이 있었지. 학교 끝나고 친구들하고 백 원, 백 원 모아서 떡볶이 사 먹고, 떡볶이를 못 사 먹는 날은 이십 원짜리 알사탕을 사 먹으며 하굣길의 추억을 만들었지. 그때는 뭐든 맛있었고, 비 오는 날 우산이 없어서 비를 맞으며 첨벙첨벙했을 때도 마냥 즐거웠었거든.

마침 종이 울렸다. 조용히 교실 뒷문으로 나오면서 답지를 정리하고 계신 선생님과 눈이 마주쳤다. 우리 예쁜 아그들하고 좋은 추억 많이 만들라는 마음의 인사를 했다. 아그들아 안녕! 시험 보느라 고생들 했다. 오늘 집에 가서 손 씻고, 발 씻고 컴퓨터 앞에 앉아 게임 하지 말기. 내일은 내일의 새로운 태양이 뜨니 내일 시험을 새로운 마음으로 우리 준비해보자. 어쩌면 너희들이 있어서 내일에 뜨는 태양이 더 찬란한지도 모르겠다.

아그들아, 그 태양은 열심히 노력한 자에게만 더욱 찬란하게 비치는 법이거든. 찬란한 태양을 위해 조금만 더 파이팅하자. 사랑해.

2015년 7월

베이징을 보다

그래, 여기는 북경이다. 북경이라는 것을 알리기라도 하듯 빨간색이 많다. 빨간색을 좋아하는 중국 사람들의 문화를 북경이라면 어디에서든 쉽게 만날 수 있었다. 아니, 어디 북경뿐이랴. 아마도 우주에서 내려다본다면 중국은 온통 빨갛게 보일 것이다.

인천국제공항에서 한참을 기다렸다. 하지만 연착된 비행기를 기다리는 것은 그리 지루한 일이 아니었다. 넓은 공항의 크고 작은 비행기를 보면서 어디로 향하는 것일까? 저 비행기를 타는 사람들은 무슨 일을 보러 가는 것일까? 비행기에서 내린 외국 사람들은 한국이라는 나라를 어떻게 기억하고 떠날까를 생각하니 재미있었다.

딸과 함께하는 여행이다. 언제나 엄마인 나를 의지한다고 생각했는데 낯선 곳으로의 여행에서 어느 순간에 내가 딸을 의지하고 있음을 알았다. 비행기가 이륙하고 높이를 높여가며 구름 위로 올라갈 때까지 멀리 떨어져 앉은 딸이 옆에 있었으면 했다. 자꾸 위로 올라 갈수록 작게 보이는 집이나 자동차들이 장난감 같다고, 귀가 먹먹해 지고 몸이 떠오르는 느낌에 긴장이 된다고 속삭여야 하는데, 딸이 멀리 앉아 있어 눈빛으로만 주고받아야 했다. 에구! 딸의 손이라도 잡고 있었다면 덜 긴장했으련만.

천진 공항이다. 낮 한 시. 시차는 한 시간. 서울은 두 시이다. 기내식이 부족했나 보다. 천진 공항에 내리자마자 배가 고팠다. 공항 안에 KFC 햄버거 집이 보였다. 콜라에 소스가 가득 들어간 신선한 햄버거빵을 상상하며 가이드의 도움으로 햄버거를 사고자 했는데, 아뿔싸! 카드 결제가 안 된단다. 환전을 많이 해오지 않음을 후회하며 햄버거 한 개를 샀다. 아이와 나눠 먹자며 한 입씩 먹었는데, 또 아뿔싸. 여기는 중국. 한국에서 먹었던 맛이 아니었다. 물기를 많이 먹은 빵과 뭔가 느끼한 게 향신료가 들어갔나? 아이가 그렇게 노래를 불렀던 김치를 내가 왜 외면했을까? 고추장이라도 싸와야 하는 것 아닌가 하는 생각이 들었다. 베이징이 이웃인 줄 알았는데 고추장이 그리워지는 햄버거였다.

천진에서 북경으로 이동 후 왕부정 거리에 갔다. 그곳은 군것질 거리가 많은 곳으로, 무엇이든 다 먹는다는 것을 보여주기라도 하듯 재미있는 게 많았다. 전갈 꼬치, 메추리 꼬치, 불가사리 꼬치, 뱀 꼬치 등 중국은 꼬치 문화가 발달했는데 앉아서 먹는 음식이 아닌, 서서 먹을 수 있는 음식이라 중국인들의 동적인 문화, 움직이는 문화를 보여주는 것은 아닌지 하는 생각을 해 봤다. 꼬치는 어묵 꼬치, 닭 꼬치도 있었지만, 일반적이지 않은 꼬치 음식은 그냥 보는 것만으로 충분한 경험이었다. 먹어본다는 것 자체가 좀 용기가 필요했던지라 눈으로만 즐겼다. 그냥 평범해 보이는 만두를 경험해 보기로 했는데, 꼬치 보고 놀란 마음에서인지 입속으로 들어갈 때 입술을 살짝 떨어야 했다. 무엇을 넣고 만들었는지 모르기에.

여행 둘째 날 오전, 이화원에 방문했다. 이곳은 중국 최대의 황실 정원으로, 1800년 후반에 만들어진 인공호수라는 말에 놀랐다. 호수를 파내고 거기에서 나온 흙을 한쪽에 쌓아 만든 인공산인 만수산이 있다. 서태후가 죽을 때까지 이곳에서 살아서 서태후 별장으로도 유명한 곳이란다. 우선 인공으로 만들었다는 호수의 규모에 놀랐고, 서태후가 살아생전 누렸던 권력이 얼마나 대단했는가에 다시 한번 놀랐다. 서태후는 그 시절에 자신의 장수를 위해서 갓 아기를 낳은 여자에게서 모유를 빨아 먹었다고 하고, 남편인 왕과 사별하고 권력을 잡기 위해 시동생과 자신의 여동생을 결혼시켜 낳은 아들을 양아들 삼아 정치를 이어나갔다고 한다. 무엇 하나 부족함이 없었던 서태후는 이 호수를 바라보며 중국 최대의 복도인 장랑을 거닐 때 무슨 생각을 했을까. 서태후가 호수를 보고 거닐었다는 730여 미터의 장랑 중 200여 미터를 딸과 함께 걸어보았다. 동쪽의 작은 나라 한국에서 딸과 함께 여행을 온 여인은 황후는 아니지만, 백이십여 년 전에 권력의 중심에 있었던 서태후보다 더 많은 행복을 누리고 있다. 우리 예쁜 딸과 손을 잡고 여행을 온 것만으로도 분명 서태후보다 더 행복하리라. 딸의 손에서 느껴오는 가족의 손길이 황후의 권력보다 더 많은 힘과 풍성함으로 나를 올려놓았다.

여행 둘째 날 오후. 달에서 지구를 보면 유일하게 보인다는 만리장성, 장성의 길이가 만 리가 된다 하여 만리장성이라고 불리는 곳에 내가 발을 찍고 왔다. 중국 진나라 전부터 북방민족의 침입을 막기 위해 쭉 잇는 성을 쌓기 시작했으며, 진나라 시황은 흉노족의 침입을 막기 위해 장성을 연장해서 쌓아 나갔다고 한다. 이 장성은 중국 명나라 때 완성되었고, 길이는 8,850Km[1], 중국 리로는 17,700리가 된다 하여 중국은 만리장성이 아닌 '장성'으로 부르고 있단다. 말 5필이 한 번에 지나갈 수 있는 폭, 높이는 7미터 정도가 되는 성곽을 다 흙으로만 메웠다고 생각하지 말라는 가이드의 말이다. 만리장성에 인부로 동원되면 죽어서야 나온다는 말이 있듯이, 이들은 죽어서도 고향으로 가지 못하고 장성의 어느 부분에 흙과 함께 묻혔으리라.

맹강녀(孟姜女)와 범희랑의 사랑 이야기. 호리병박에서 태어났다는 맹씨 성과 강씨 성을 가진 맹강녀는 만리장성의 부역에 끌려가 죽을까 걱정하는 노모를 위해 피신하는 범희랑을 만나 가정을 꾸린다. 하지만 3일 만에 범희랑은 만리장성 부역으로 끌려가고 밤낮으로

1) 중국 중앙TV 방송국에서 보도가 됐던 새로 시정된 길이.

남편을 걱정하는 맹강녀는 여름 홑겹옷만 입고 남편의 겨울옷을 장만해 남편을 찾아가지만, 이미 남편은 죽은 후였다는 전설. 만리장성 축성에 끌려간 가족의 안위를 걱정하는 이야기가 어찌 신접살림을 차린 맹강녀의 전설뿐이겠는가? 젊은 자식을 만리장성에 보내야 하는 노모의 이야기도 있을 수 있고, 어쩜 남편과 아들을 만리장성으로 보내야만 했던 한이 맺힌 아낙의 이야기도 있을 수 있다. 만리장성에 동원된 수많은 사람들과 고향으로 돌아가지 못한 영혼들이 만리장성의 바위와 흙 한 줌에 그들의 고초와 가족의 품에 돌아가고 싶은 심정이 그대로 녹아 있을 것이다.

바람이 세차게 불었다. 만리장성은 1년 내내 바람이 많다고 한다. 장성에 발만 찍고 오기에는 뭔가 아쉬워 계단을 올라 만리장성을 둘러보고 싶었지만, 계단의 높이가 상당히 높은 데다 가파르기까지 해서 오르는 것을 포기했다. 딸에게는 바람에 날아갈까 봐 더 이상 오르지 못한다고 핑계 아닌 핑계를 대야 했다. 푸른 하늘을 배경 삼아 만리장성을 사진으로 남겨보았다.

여행 셋째 날 오전, 하늘에 제사를 지내던 곳, 천단공원에 갔다. 중국은 땅이 넓어서인지 만들어 놓은 것마다 규모가 어마어마하다. 천단공원도 제사를 지내는 곳치고는 굉장히 넓은 공간이었다. 어릴 적부터 '조상의 지혜와 슬기'를 자주 듣고 외웠기에 우리 조상만 한 조상들은 없을 거라 생각했다. 하지만 이것은 '우물 안 개구리' 같은 생각이었다. 약간 둥글게 생긴 담장이 있었는데 이쪽과 저쪽으로 각각 서서 얘기를 하면 들리는 구조로 되어 있었다. 가이드는 가족과 생긴 오해가 있으면 이곳에서 풀고 가라고 시간을 줬다. 일행 각자에게 주어진 시간이라 길지는 않았지만, 북경 땅에서 담장을 통해 "딸, 엄청 많이 사랑해."를 남기고 올 수 있어서 기억에 남는 곳이다. 소원을 빌면 이루어진다는 원형의 돌을 밟고 소원을 빌었다. 하지만 비밀로 있어야 이루어진다기에 딸과 함께 손을 꼬옥 잡고 방긋이 웃었다. 서로의 소원이 이루어지길 바라며…….

여행 셋째 날 오후, 1989년 천안문광장 앞에서 한 청년이 탱크와 마주하고 있는 모습이 기억이 난다. 자금성은 중국적인 색채가 가장 많이 표현된 곳이라고 할까? 자금성을 보자 딸은 "경복궁은 아무것도 아니네." 한다. 나도 경복궁에 견학 갔을 때 다리가 아프고 힘들다고 했는데, 자금성을 보니 말문이 막혔다. 천안문을 시작으로 반대편으로 자금성을 직진으로 걸어 들어갔다. 수없이 많은 문을 통과했고, 많은 방들을 통과했다. 황제만이 사용할 수 있다는 황금색으로 지붕을 올리고, 황제의 안전을 위해 나무를 심지 않은 곳. 반대편으로 나가기까지 1시간 20여 분이 걸렸다. 자금성에 있는 방이 9,999개. 황제의 아들이 태어나서 한 방에 하룻밤씩 잠을 잔다고 했을 때 27년이 넘게 걸린다고 한다.

예전에 연예인 유동근 씨가 대원군 역을 맡은 대하드라마를 본

적이 있다. 조선 말에 경복궁을 복원해야 하는 이유를 대원군 역의 유동근 씨는 왕권의 강화라면서 울먹이며 했던 대사가 있다. 중국의 황제를 만나고 왔는데 자금성의 크기에 놀라 조선의 경복궁도 그것에 못지않게 지어야 한다는 대사가 오래도록 맘에 남았는데, 그 이유를 이제야 알 것 같다. 자주적인 힘을 대원군은 경복궁을 통해 만들고 싶었을 것이다.

중국을 호령하며 자금성의 주인으로 살았던 황제들도 마음이 편하지는 않았을 것 같다. 이들은 언제나 독살에 대한, 주변 세력에 대한 두려움을 가지고 살았다 한다. 권력이 주는 왕좌에 앉아서 천하를 호령한들 내 딸과 함께 자금성을 걷는 여유로움이 훨씬 더 아름답게 느껴진다.

문화적인 차이를 가장 많이 느낀 것이 음식이었다. 요즘은 여행객이 많아져서 향신료를 덜 쓴다고 하지만, 그래도 고추장 하나 가져가지 않은 것이 여행 내내 후회로 남았다. 한국으로 여행을 온 외국관광객들도 음식으로 곤욕을 치르겠다 싶었다. 그들은 우리네의 마늘이 들어간 음식 문화를 힘들어하지 않을까?

화장실의 한 줄서기, 지금 생각해도 웃음이 나온다. 기껏 한 줄로 서서 차례를 기다리는데, 어느새 와서 빈 화장실로 쏙 들어가 버리는 북경사람들, 그들이 질서를 무시했다고 가볍게 보지 말라는 말이 있다. 횡단보도 신호등이 파란불인데 차들이 그냥 지나가는 것은 그 속에서 그들만의 질서가 있다고 한다. 그들이 진정으로 신호등을 잘 지키고, 화장실에서 한 줄서기를 지키기 시작했을 때는 아마 세계에서 어마어마한 힘을 발휘하게 될 거라 한다. 상대를 알아야 이길 수 있다고 했기에 딸에게 살짝 압력을 가해본다. 딸, 중국어 배워보지 않을래?

3박 4일의 여행을 마치고 도착한 인천공항. 그래, 여기는 한국이다. 화장실에서 한 줄서기가 제대로 지켜지고 집으로 돌아가는 버스에서 내다본 동네는 한국이 틀림없다. 하늘이 올려다보이지 않는 빽빽한 건물들, 말이 안 통해 중국이 멀게만 느껴졌다면 이곳은 어디를 가든 언어가 통해서 가깝게 느껴지는 곳이다.

난 북경을 어떻게 기억하고 왔을까? 넓은 땅과 규모가 큰 건물들, 그 넓은 천안문광장에 그렇게 많이 모인 사람들. 박물관에 들어가기 전에 가방 검사를 하는데, 중국어로 가방을 손수 열어 보여 달라고 말을 했나 보다. 난 중국어를 모르니 영어로 해 달라고 주문을 했다. 그런데 간단한 영어도 구사할 줄 모르는 박물관 직원이었다. 결국, 옆에 있는 직원이 'OPEN'이라고 한마디 해줘서 알아들었다. 서로 먼저 영어를 배우려고 하는 우리와는 다르다고 느꼈다. 우리나라 박물관 직원 같았으면 기본적인 영어는 물론 기본적인 중국어도 할 줄 알지 않았을까? 우리 것을 좀 더 지키려는 노력이 필요하구나 했다. 중국은 어마어마한 인구와 그 넓은 영토로 무한한 잠재력과 가능

성이 있는 나라, 무한한 볼거리와 불가사의한 역사를 간직한 나라 중국. 딸애와 다음에는 진시황릉이 있는 시안여행을 계획해 본다.

2016년 3월

조청 만들기

환상의 궁합 같은 딸기잼과 식빵, 단맛을 좋아하는 아이가 식빵에 딸기잼을 발라 먹는 것을 보고 조청을 만들어 보기로 했다. 그런데 잘 만들어 보겠다는 욕심이 과했나 보다. 10여 분만 덜 졸이면 아주 안성맞춤으로 조청 농도가 적당했을 텐데, 냄비가 식어서 병에 옮기려고 하니 잘 떠지지 않는다. 엿처럼 굳어 버린 것이다. 어제 오후 3시부터 꼬박 24시간 공을 들였는데, 만족스럽지 않아서 얼른 먹고 새로 해야겠다는 생각뿐이다. 작년에 처음 시도했을 때는 한시도 가스 불 옆에서 떨어지지 않고 불을 조절해서인지 오늘 것보다는 훨씬 나았다.

쌀 다섯 컵에 엿기름 400그램 정도, 생수 2리터. 밥을 하고 엿기름과 물을 섞어 20시간 동안 밥솥에 보온 상태로 삭혀준다. 장시간 삭혀야 하기에 기온이 올라가는 봄부터 가을까지는 해 먹기가 좀 어렵다. 삭히는 과정에서 상하기라도 하면 공들인 시간과 재료들이 아까워 맘고생을 할까 봐 피하고자 함이다. 구더기 무서워 장 못 담그랴 하지만, 난 구더기가 정말 무섭다. 삭혀진 밥을 망사에 넣고 짜준 다음 그 물을 냄비에 4시간가량 약한 불에서 졸여준다.

아이들이 좋아라 한다. 언제 완성되느냐고 연방 들여다보면서 시간을 재촉한다. 단 것을 맘 놓고 먹을 수 있다는 안도감과 엄마표 조청이 궁금증을 불러 왔을 것이다. 3시간 정도 졸였을 때 식빵에 발라 보았다. 덜 졸여 져서 조청 물이 빵 사이로 흘러내렸다. 큰애가 지금도 아주 달다고 그만 졸이라고 했다. 양이 줄어드는 것을 보면서 먹을 게 적어진다는 걱정을 함께한다. 그래도 조청 본연의 모습은 갖춰야 하기에 조청을 약한 불에 두고 텔레비전 앞으로 갔다. 텔레비전을 보다가 가스 불 끄는 시간을 놓쳤다. 조청은 냄비 바닥에서 자글자글 끓고 있었다. 너무 졸여졌다. 정성이 부족했던 게 바로 표시가 나버렸다.

숟가락으로 어렵게 퍼서 병으로 밀어 넣는다. 잘 떨어지지 않는다. 왼손 검지를 이용해 숟가락에 붙은 조청을 병으로 밀어 넣었다. 끈끈하다. 참 신기하다. 설탕 한 방울 들어가지 않았는데 어떻게 이렇게 단맛이 나는 걸까? 우리 큰 아이와 과학적인 근거를 추측해 봤다.

탄수화물인 쌀은 당으로 이루어졌다. 우리 몸에 들어가면 포도당으로 변하고 에너지를 만들어 준다. 탄수화물의 당은 몸에 흡수가 더디지만, 설탕 같은 당은 흡수가 빨라 살이 찔 수 있다. 기타 등등. 우리 조상들은 쌀에 당이 들어가 있다는 사실을 어떻게 알았을까, 엿기름에 삭히는 과정을 어떻게 알게 되었을까?

"이 집 베란다에 조만간 가마솥 매달지도 몰라." 동네 친구가 조청 하는 것을 보고 한 말이다. 그런데 난 아궁이에 불 지펴 가면서 조청을 만들 자신은 없다. 가스 불에서 편하게 해도 마음먹고 시작해야 하는 일인데, 추위와 싸워가면서 옛날식 부엌에서는 할 엄두가 나지 않는다. 부엌이 집안으로 들어온 요즘에 태어난 것이 얼마나 다행인지 모른다. 그리고 화장실 또한 집안으로 들어온 지금의 주거 형태에 얼마나 감사한지 모른다.

생수 2리터를 4시간여 졸였다. 조청으로 얻어진 것은 한 대접 정도. 그만큼의 쌀이 들어갔는데 한 대접이라니. 시중에 조청이라고 나와 있는 것을 믿어도 되나 싶다. 아무리 대량으로 만든다지만, 그 가격이 나올 리 만무하다. 물건을 파는 업체에서는 무슨 근거로 '조청'이라는 단어를 상품명으로 쓰는지는 알 수가 없지만, 전통방식 그대로 만들었는지, 쌀 같은 자연적인 당으로 만들어졌는지는 따져 본 다음에 '조청'이라는 상품명을 쓸 수 있게 해야 하지 않을까 한다.

얼마 전 큰애가 텔레비전 광고를 보다가 한 말이 생각난다. '고추장'이라고 나와 있는 제품들은 정말 '고추장'이 아니라서 '고추 양념'이라는 제품명을 써야 한다는 주장이다. '장'이라는 것은 발효를 거쳐 만든 전통방식인데 시중에 판매되는 것은 발효되는 과정이 빠졌다는 것이다. 고춧가루와 그 이외 것들을 적당히 섞어서 만든 '양념'이라는 말에 나도 동의를 했다. 고추장 만드는 것을 지켜보았지만, 시중에 나와 있는 가격에 그 양은 절대로 전통방식으로는 나오지 않는 가격이다. 수년 전, 어느 방송에서 '고추장'을 '코리안 케첩'이라고 외국인에게 소개한 아나운서가 생각났다. 그 아나운서도 입맛이 없을 때는 케첩에 밥을 비벼 먹지 않고 엄마가 해준 고추장에 밥을 비벼 먹었을 텐데.

냄비에 붙어 있는 마지막 조청까지 얻어내려고 숟가락을 쥐고 있는 오른손에 힘을 줬다. 달라붙어 있는 조청도 마지막 자존심을 지키려고 했는지 안간힘을 쓰고 냄비에서 떨어지지 않는다. 우리 둘의 괜한 싸움이 시작된 것이다. 어지간히 하라고 냄비에 구멍 나겠다고 하는 아이들의 말을 뒤로하고 조금씩 숟가락에 묻어나는 조청을 입으로 가져갔다. 역시 설탕이나 사탕의 단맛과는 분명 차이가 있다. 달아도 깊은 맛이 있다. 설탕이나 사탕은 자극적인 맛이지만, 조청은 풍부한 단맛을 즐길 수가 있다. 입안에서 맴도는 부드러운 단맛은 들기름을 넣고 갓 볶아낸 자연산 취나물의 씁쓸한 맛과 비슷하다.

큰애가 조청에 뭐 찍어 먹을 것을 찾는다. 식빵에 조청을 발라줬더니 가히 환상적이라고 할 만한 맛이란다. 한 대접 나온 조청을 보고 아이들이 아쉬워한다. 욕심이 부른 잘못이니 할 말은 없지만, 전통방식대로 만들어 보고 싶은 마음과 좋은 것을 먹이고 싶은 엄마의 마음만큼은 알아줬으면 한다.

2013년 1월

감성 스타

오빠를 찾았다. 키도 크고, 잘 생기고, 직업도 전문직이라 어디를 내놓아도 전혀 손색이 없는 능력을 가지고 있다. 노래를 매우 잘해서 여러 사람을 열광하게 만드는 매력 또한 가지고 있다. 한때는 머리를 모두 밀어버려 거부감이 생기면 어쩌나 했는데, 이 또한 오빠의 매력으로 이미지를 굳히는데 한몫을 했다.

나의 사춘기 시절에는 누구한테 열광적으로 취해 본 적이 없다. 그저 평범하게 교실의 한 자리를 차지하는 아이에 불과했다. 다른 아이들은 어느 야구팀의 누구를 응원하고 좋아한다더라, 또는 가수 전영록의 '종이학'을 열광적으로 따라 부르면서 종이학 천 마리를 접어 어느 남자친구한테 줬더라 하는 얘기를 들으며 조용한 사춘기를 보냈다.

나는 마냥 조용한 아이인 줄만 알았다. 내 감정을 내비치면 어쩐지 창피한 생각이 들기도 해서 조용한 것이 나의 대명사가 된 줄 알았는데, 살다 보니 나도 미치도록 열광하는 스타가 생겼다. 가수 윤도현, 그가 나의 스타이다.

2002년 한일월드컵. 머리를 모두 밀어버리고 빨간 티셔츠를 입고 월드컵을 마음껏 즐기는 모습을 보고 더 깊이 빠졌다. 그냥 노래만 하는 보컬인 줄 알았는데, 월드컵이라는 축제의 한편에서 젊음을 즐기는 모습이 마냥 좋았다. 어느 작은 콘서트에서 그를 봤을 때는 거리가 너무 멀어 그의 에너지를 받지 못했지만, 연주하던 기타를 머리 위로 올리고 음에 맞춰 골반을 돌렸을 때 나는 그의 '끼'를 보고 왔다.

윤도현의 노래를 크게 틀어놓고 아이 손을 잡고 거실에서 춤을 춘 적이 있다. 큰애가 여섯 살 무렵이었던 것 같은데, 음을 즐기고 아무렇게나 표현해도 된다는 내 안의 '끼'를 보았다. 그때부터 가수 윤도현, 신해철의 노래를 크게 틀어놓고 내 안에 있는 감정들을 쏟아냈다. 서운했던 일들, 아쉬웠던 일들, 그리고 즐거웠던 일등.

초등학교 5학년 때 피아노를 처음 배웠단다. 파주의 세탁소집 큰아들은 동생을 보내려고 했던 피아노학원을 동생이 다니지 않아 대신 다녔다고 한다. 이 일이 우연이었는지, 아니면 기회였는지 알 수는 없지만, 그때부터 음악을 접했으리라. 가수가 되겠다는 꿈을 간직하며 여러 날을 보내고, 또 주위분들과 갈등도 했으리라. 하지만 나의 감성 스타는 모든 걸 이겨내고 꿋꿋하게 서 있다.

가수 윤도현은 보기만 해도 멋있는데 더 매력적인 것은 그의 목소리다. 가수 김건모처럼 감미로운 음질은 아니지만 갈라지는 듯한,

노래를 부를 때는 시원스레 질러대는 소리에서 힘이 느껴지고, 허스키(husky)한 음질은 답답한 마음을 풀어버리기에 제격이다.

연예인이 공인이라는 직업상의 특성 때문에 여러 사람에게 여러 말을 듣는 것 같다. 하지만 시민의식을 좀 높여야 한다고 본다. 연예인들이 보여주는 개개인의 끼를 우리가 보고 즐겁다면 그냥 그것으로 족해야 한다고 본다. 왜 윤도현이라는 연예인을 좋아하느냐는 이야기를 숱하게 들어왔다. 하지만 이 가수만이 뿜을 수 있는 끼와 매력이 있기에 난 이 가수에게 열광한다. 감성 스타가 주는 그 시대의 문화와 유행, 그리고 윤도현과 함께 엮어지는 2002년 월드컵 때 서울광장의 붉은 물결과 그 날의 추억들은 그 시대의 나를 돌아볼 수 있는 여유와 앳된 나의 옛 모습을 볼 수 있어서 좋다.

텔레비전 안의 젊은 오빠에게 열광하고 있는데 같이 사는 오빠가 그런다. 윤도현이 나보다 두 살이 어리다고. 오빠 하지 말고 '동생 윤도현'으로 하란다. 하지만 난 아니다. 나보다 나이가 어려도 난 오빠가 좋다. 얼마 전 발표한 조용필의 「바운스(bounce)」가 어떻게 '빤스'로 발음이 되었는지 알 수는 없지만, 60살이 넘어서도 '오빠 부대'를 몰고 다니는 걸 보니 한 번 오빠는 영원한 오빠이다. 내 순수한 젊음을 간직하기 위해서라도 '오빠'라고 남기고 싶다. 지금도 '오빠'는 어느 무대에서 어느 누군가를 위해 노래를 부르고 있을 것이다. 가수 윤도현과 한 무대에 서보는 것, 짜릿한 상상이다.

2013년 12월

분갈이

1년 전, 관음죽 분갈이를 했다. 햇볕이 너무 좋은 6월에 하루를 잡아 화분이 작아 보이는 관음죽을 넓은 화분으로 옮겨 주었다. 결혼할 때 아버지가 키우시던 관음죽 한쪽 뿌리를 분양받아 잘 키워오다, 화분이 터질 것 같다는 느낌이 들어 마음을 먹고 화분을 통째로 엎어버렸다. 배양토도 미리 준비하고, 영양제도 준비해 두었다. 예상했던 대로 뿌리는 흙을 찾아보기 힘들 정도로 서로 엉켜 화분을 꽉 채웠고, 어디가 뿌리 끝인지 찾기조차 힘들었다.

실타래처럼 서로 엉겨붙어 좀처럼 떨어지지 않는 뿌리를 정성 들여 정리했다. 아이의 머리를 빗으로 정성 들여 빗어주듯이, 내 손가락은 뿌리 사이사이를 오르내리며 정성 들여 깨끗하게 정리를 했다. 서로 엉겨 붙어있는 잔뿌리는 필요 없다 생각하고 다 잘라 주었고, 굵은 뿌리만 다시 화분에 넣어 배양토를 정성 들여 부어가면서 더 크고 더 예쁜 도자기 화분에 옮겨 심었다. '분명 분갈이를 하지 않은 다른 화분보다 더 잘 자라겠지? 푸른 이파리를 뽐내며 더 예쁘게 자라겠지? 배양토도 썼고 영양제도 꽂아 주었으니.' 했다.

일 년이 지난 지금, 온갖 기대와 믿음을 받은 화분 하나. 이것만 잎이 누렇게 떴다. 겨울만 지나면 좋아지겠지 하면서 겨울을 지내왔건만, 새순도 올라오지 않고 올라오려던 새순도 안을 가만히 들여다보니 썩어 있었다. 성장도 멈춰 일 년 전 그대로다. 그렇게 정성을 들이고 좋은 흙에 영양제도 썼는데 이해가 가지 않았지만, 분명한 건 이파리가 누렇게 변했다는 거다. 짐작하건대, 이파리 전체가 누렇게 변한 것이 혹시 분갈이하면서 뿌리를 다친 게 아닌가 싶다. 그냥 그대로 빼서 다른 화분으로 옮겨야 하는데, 정리란 정리는 죄다 하고 엉킨 뿌리는 다 잘라 없앴으니 뿌리가 다친 게 분명하다.

작년에 관음죽이랑 분갈이를 같이했던 산세비에리아가 있다. 산세비에리아는 분갈이이라기보다는 그냥 시든 이파리 좀 정리하고 좀 넓은 화분으로 옮겨주었다. 전자파에 좋다 해서 TV 옆에 화분 두 개를 놓아두고 겨우내 물 한번 주지 않았다. 나중에는 뿌리가 흔들리고 흙이 말라버려 버리려고 베란다 한쪽에 며칠을 두었다. 베란다 청소하면서 버리려고 이리저리 보는데 아! 이건 뭐지? 안쪽에 작은 새순이 올라와 있었다. 순간, 고민을 했다. 새순을 무시하고 버려야 하나? 아니다. 새파란 새순이 어찌나 예쁜지 새순을 만져보는 내 손

끝이 조심스러웠다.

큰애가 써 놓았던 독서록 노트를 다시 봤다. 글의 주제가 뭔지, 아이는 무엇을 얘기하고 싶었는지 전혀 알아볼 수도 없을 정도로 써 나가던 노트의 중간 부분에 정성 들여 색지를 붙이고, 색연필로 그림도 그리고, 또박또박 글자도 정성 들여 썼다. 글씨를 지렁이 기어 다니는 것보다 더 엉망으로 써놓고, 대충 써 놓았던 독서록이 내 신경을 자극해 그날 아이한테 얼마나 잔소리를 퍼붓고, 아이 옆에 붙어 앉아 글자를 또박또박 쓰도록 강요를 했던가. 아이는 며칠 그림을 그리고 글자를 또박또박 잘 쓰는 것 같더니 다시 엉망으로 써 나갔다. 또다시 잔소리를 퍼부을 때가 된 것이다. 알림장도 제대로 적어 오지 않아 숙제를 제대로 하는지, 준비물을 제대로 챙겨 가는지 확인을 해봐야 했다.

그런데 문득 이런 생각이 들었다. 만약 우리 아이가 분갈이를 잘 못한 관음죽이라면 아이한테 쏟아부은 나의 관심이 지나쳐 아이를 힘들게 하지는 않았나, 아이의 생각조차 내가 지배하려고 했던 것은 아닌지를. 다른 아이보다 좀 잘 키워보겠다고, 다 큰애가 무슨 장난감이냐고? 좋아하는 장난감을 치우고 태권도에, 미술학원에, 이다음에 멋진 남자가 되라고 피아노 개인 과외에, 어쩜 내가 하고 싶었던 것들을 아이한테 강요 아닌 강요를 하고 있는 건 아닌지. 학원 가기 싫어 태권도 도복의 끈을 몇 번이나 고쳐 매는 아이한테 시간 안에 가라고 얼마나 많은 짜증을 냈던가! 이게 아니다 싶었다. 사람 사는 세상에 뿌리를 내리는 데 필요한 것이 글씨를 또박또박 쓰고, 학원 다녀 영양분을 채워야 한다고 생각한 나 자신이 작게 느껴졌다. 모든 학원을 그만두었다.

등교를 준비하는 아이가 준비물이 있다고 했다. 돈을 아이 손에 쥐여 보내고 싶었지만 따라나서기로 했다. 등굣길이 한창이라 또래 아이들이 많았다. "엄마랑 같이 공부하시는 분이 그러는데, 국립중앙도서관에 우리나라에서 출판되는 모든 책이 두 권씩 보관이 된대. 신기하지?"/ "그게 어디에 있는데?"/ "글쎄. 모르겠는데?" 아이와의 대화는 아파트 단지에서 나오고, 아이가 또래 친구들과 자연스레 섞이면서 흐지부지되어버렸다. 그래, 이거다. 내가 아이를 따라나서기로 했던 것이 내 아이의 모습을 보고 싶어서였다. 또래 아이들 속에 섞여 내 아이는 환하게 웃으며 친구들과 아침 인사를 하고 있었다. 학원을 그만두고 밝아진 아이의 모습이었다.

아이의 모습이 환하게 내 눈에 들어온다. 또래 속의 아들은 그저 평범했다. 평범한 아이인데 특별할 거라는 생각에 너무 많은 영양분을 주려 했다. 지금은 너무도 고맙게 친구들과 잘 웃고, 얘기 잘하고, 장난도 하는, 얼굴이 환한 아이가 되었다. 아이가 스스로 뿌리를 내릴 수 있게 두어야 했다. 지나친 관심은 간섭이 되고, 지나친 정리는 새순이 자랄 수 없다. 지나친 관심의 관음죽은 뿌리를 썩히고 있나 본데 산세비에리아는 스스로 살아남기 위해 새순을 피웠다. 뿌리 정리가 지나쳐 본래의 뿌리를 다친다면 내 아이도 시름시름 앓을 것이다. 밝은 웃음을 웃는 것을 보니 아직 뿌리까지 다친 것은 아닌가 보다. 감사한 일이다. 자신의 의지대로 뜻을 펼쳐 나가도록 지켜봐야겠다.

산세비에리아 화분은 버리지 말아야겠다. 조금 큰 화분으로 다시 심어줘야겠다. 지금 있는 흙 그대로 옮겨주고 시들어 쓰러진 가지 몇 개만 정리해줘야겠다. 그리고 하루에 한 번씩 사랑한다고 말해줘야겠다. 내버려둔다고 생각할지 모르지만, 널 믿고 지켜봐 주고 있다고 마음속으로 편지를 보내야겠다. 잎이 누렇게 변해가는 관음죽에게도 사랑한다고 말해주자. 자리를 잡기 전에 몸살을 앓아 돌아올 수 없는 병에 걸린 것 같은데, 미안하다고. 그때는 그것이 최선의 분갈이인 줄 알았다고. 관음죽을 통해 내가 배웠다고.

2012년 5월

피아노

거실이 어수선하다. 거실 한쪽 벽에 자리하고 있는 피아노 위에 딸아이가 어렸을 적부터 모아왔던 인형이 즐비하게 올라가 있다. 인형만 없어도 좀 시원해 보일 텐데. 16년 결혼생활은 버리지 못하는 내 성격을 보여주듯 묵은 살림이 많다. 오랜만에 피아노 위의 먼지를 닦고 뚜껑을 열었다. 뚜껑을 열지 않았는데도 걸레에 먼지가 묻어난다. 피아노를 덮어 왔던 피아노 보도 빨았다. 얼마나 빨지 않았던지 구정물이 나온다. 세월의 묵은 때가 비누 거품에 묻어난다. 이놈의 애물단지, 버리지도 못하고 평생 안고 살아야 하는데 피아노에 내어준 거실의 한쪽이 좁아 보인다.

어렸을 때부터 너무도 배우고 싶었던 악기가 피아노였다. 하지만 피아노란 악기는 있는 집 아이들에게는 배울 기회가 있었지만, 나에게는 그림의 떡이었다. 아버지의 목수라는 직업은 육 남매의 먹는 것과 입는 것조차도 삶의 무게를 느끼게 했다.

고등학교를 졸업하고 우연한 기회에 팝 피아니스트인 리차드 클레이더만을 알게 되었다. 아마도 국내 공연을 위해 우리나라를 방문하게 된 시기인 듯하다. 잘생긴 외모에 한 옥타브를 덮고도 남는 긴 손가락, 더구나 악보를 보지 않고 거침없이 쳐 내려가는 피아노의 선율에 푹 빠져 난 리차드 클레이더만의 레코드판을 구입하기 시작했다. 클래식한 음악은 리차드 클레이더만을 통해 팝 음악으로 재탄생되었다. 리차드의 피아노 연주에 몸을 맡긴 채 음악을 느끼던 어느 날, 피아노를 배워 봐야겠다는 마음을 먹었다. 엄마는 조건을 걸었다. 내 용돈 안에서 학원비를 충당할 것을.

바이엘, 체르니 100번, 하농, 브르크 뮐러, 피아노 소곡집, 소나티네 앨범, 체르니 30번. 정말 열심히 했다. 내 손끝에서 나는 소리를 느끼면서 하루도 빼먹지 않고. 야근해서 퇴근을 늦게 한 날도 10분을 학원 들렀다가 귀가하곤 했다. 이렇게 1년 6개월. 체르니 30번의 5번 정도 배운 어느 날 피아노를 접어야 했다. 늘어나는 학원비를 충당하기 힘들었고 회사의 일이 너무 많아졌다. 그리고 나의 체력과 열정의 한계를 느꼈다. 아무리 열심히 해도 난 리차드 클레이더만이 될 수 없다는 것을 알았다.

지금은 그때 배운 것을 다 잊었다. 결혼 후 입주할 때 고집을 부려 피아노를 들이기는 했지만, 생각만큼은 잘되지 않았다. 내가 제일 좋아하는 소나티네 앨범 4번곡을 비롯하여 몇몇 곡이 기억의 한 부분을 차지할 뿐이다. 가끔 피아노 앞에 앉아 동요를 쳐 본다. 마음은 리차드 클레이더만인데 손가락은 처음 한글을 읽는 아이처럼 건반을 더듬는다.

여유롭지 않은 살림은 나의 학업과 피아노를 배우고 싶었던 꿈을 포기하게 했다. 학업을 포기해야 했던 날, 삶의 무게에 눌려 등이 휜 아버지는 아무 표정 없이 딸을 바라봤다. 그때는 몰랐지만, 지금은 그 표정을 읽을 수 있다. 아버지도 속으로 많이 울고 계셨다는 것을.

이렇게 아쉬움을 남긴 나의 시간들, 이 시간들이 지금은 오히려 고맙게 느껴진다. 만약 피아노를 어려움 없이 배웠다면, 난 지금처럼 음악에 애착이 없었을 것이고, 그냥 너무 당연시 모든 일을 받아들였을 것이다. 만약 대학 진학을 했더라면 지금처럼 무엇이든 알고자 하는 마음이 나를 움직이지 않았을 것이다. 많이 배우지 못한 나의 학업과 많이 완성하지 못한 연주 실력이 못내 아쉬워 지금도 무엇이든 배워보고자 마음을 잡는다.

미완성되는 모든 일이 채찍질이 된다. 청소하다 언짢은 생각이 떠오르면 라디오를 크게 틀어 몸을 음악에 맞춰 마음껏 흔들어 젖힌다. 누구도 의식 할 필요가 없이 나의 공간에서 음악과 한몸이 되고 나면 마음이 맑아진다. 라디오에서 클래식이 나오면 식탁이 건반인 양, 손가락을 마음껏 움직여준다. 여기에선 더듬거리는 손가락도 없는 인생의 쉼표만 있다. 음악에 몸을 맞추니 음이 틀렸다고 누가 지적도 하지 않는다. 그냥 듣고 몸으로 느끼는 것이 다다.

피아노 연주. 생각만 해도 황홀경에 빠진다. 박수 소리도 없는 연주를 해야 하지만, 무대 디자인과 연출을 모두 내가 하는 나의 공간을 만들 수 있어서 좋다. 편곡을 내 모양대로 해서 좋고 지칠 때 한 번씩 끌어당겨 무대에 설 수 있게 해줘서 좋다. 무대 위의 나는 언제나 프로이다. 낡은 책장 한편에 자리하고 있는, 때를 잔뜩 먹은 나의 악보들. 묵은 먼지를 마른걸레로 닦아내고 햇볕에 바짝 말린 피아노보를 새로 덮었다. 애물단지, 아니 피아노는 나의 보물단지이다.

2012년 5월

엄마가 '내 딸'이라고 불러준 것에 약간 놀랐다.
귀찮아하는 투도 아니었고, 부드럽게 감고 도는 따뜻한 손길 같은 말이었다.
평상시 엄마가 이렇게 불러주는 사람은 남동생이나 남동생의 아이들이다.
며느리가 내 집 식구이고, 딸은 남의 집 식구라는 철학을 한평생 지니고 계셨기에
딸들에게는 냉소적으로 대하셨다.
하지만 엄마의 이런 철학에 금이 가기 시작한 것은
아무리 잘해줘도 며느리는 '내 딸'이 아니라는 것을 아셨기 때문일 것이다.

Chapter 3

화해

- 가족에 대해서 -

2시간 30분

시간이 좀 필요했다. 하던 일을 팽개치고 가게 문을 나온 것이 좀 마음에 걸리기는 했지만, 그 자리를 떠나지 않으면 더욱 마음이 상할 것 같았다. 오후 6시쯤, 어쩌다 일을 하다 보니 시간이 많이 흘렀다. 부지런히 집에 가서 저녁을 해야 해서 마음이 바쁜데 남편의 말 한마디가 서운함에 서운함을 더했다.

집으로는 방향을 잡고 싶지 않았다. 아이도 학원에 있을 시간이라서 시간상으로는 급할 것이 없었다. 내 기분이 이런데 저녁은 건너뛰어도 문제 될 게 없다. 어디로 가야 하나, 전철을 타고 천안까지 갈까? 친구를 만나서 한잔 할까? 친구는 안 된다. 저녁때라 나올 만한 친구도 없다. 그리고 이 기분을 친구에게까지 전하고 싶지도 않다.

그래, 걸어보자. 내 기분이 상했을 때 무작정 걸어본 경험이 많기에 걷는 것은 어려운 일이 아니다. 다행히 운동화도 신었고, 낮 동안 뜨거웠던 해도 저녁때가 되니 시원해졌다. 그런데 어디로 걷지?

심리전을 할 필요는 없다고 생각했지만, 나의 행방을 묘연하게 만들어서 걱정을 주고 싶었다. 시간을 많이 끌어 걱정을 키운 다음 나의 존재를 확인시켜 주리라는 거대한 계획을 세웠다. 큰 횡단보도를 건너니 오후 6시 17분, 곧장 집으로 가면 7시면 도착한다. 하지만 전철을 타지 않기로 했다. 그럼 심리전이 너무 빨리 끝나버린다. 전철로 세 정거장. 이 거리를 걸어보자. 전철로 10분 거리이니 8시면 도착하겠지? 그럼 아이도 올 시간이고, 한 시간 정도는 남편이 애가 타도 그리 미안한 시간도 아니다.

큰 대로변을 걸었다. 다들 바쁜 걸음으로 어디로 향하는 것일까? 저기 저 아줌마는 강아지를 데리고 나왔는데 선선해진 봄바람이 산책길에 여유를 준다. 하지만 도로변 산책이 얼마나 먼지가 많은지 저 아줌마는 알고 있는 것일까? 어린 반려동물은 뭐가 그리 좋은지 쫄래쫄래 주인이 이끄는 데로 잘도 따라간다. 강아지를 특별하게 꾸미지는 않았지만 귀여운 모습을 보니 미소가 나온다.

대학생으로 보이는 한 무리가 학교로 들어간다. 이 시간에 뭐하러 학교에 가지? 도서관에 있다가 저녁 먹고 하던 공부마저 하러 가나? 어쨌든 젊음은 좋은 것이다. 나도 저 나이에는 참 좋았는데. 무한한 열정으로 뭐든 할 수 있다고 겁도 없이 해본 일도 있다. 전문 산악인의 도움을 받아 20대 중반에 처음이자 마지막으로 암벽을 타

봤다. 그때 자일이라는 것도 알게 되었고, 도봉산의 5봉 중 4봉을 타 봤는데 그 매력이 지금도 기억에 선하다. 언젠가 기회가 되면 실내암벽에 반드시 도전해 볼 것이다. 내 인생에 뭔가 도전할 게 있다고 생각하니 또 미소가 나온다.

저기 저 모퉁이에서 오른쪽으로 들어가야 한다. 순간 겁이 났다. 그 길부터는 인적이 그리 많지 않은 곳이다. 되돌아가 전철을 탈까 했지만, 여자가 칼을 꺼냈으면 두부라도 썰고 싶었다. 그리고 난 감정을 추스르기에 시간이 더 필요했다. 그냥 걸어보자.

바람이 어찌 이리 시원한지 모르겠다. 뜨거운 낮엔 집에 있다가 시원해서 나오셨나, 저기 아파트 사이 작은 텃밭에 아저씨가 나와 계신다. 내가 더 나이가 들어 도시생활이 권태로울 때 농부의 꿈도 꾸곤 했는데, 도회지에서 텃밭을 해도 괜찮을 듯싶다. 농사라는 게 나이 들어 할 수 있는 일이 아닌 것 같다. 토양에 대한 지식과 작물에 대한 지식 또한 풍부해야 하고, 첫 수확기에 생각만큼 거두어들이지 못하더라도 내년을 위한 또 다른 공부를 할 수 있을 만큼의 열정과 체력이 필요하기 때문이다.

핸드폰이 울렸다. 오후 7시, '상감마마'라는 발신인이 떴다. 집에 도착할 시간이라 확인전화를 했나 보다. 전화를 받지 않고 진동으로 돌렸다. 이제부터는 애가 탈 것이다. 남편이 애가 탈 것이라 생각하니 코웃음이 나온다. 그러니 있을 때 잘해주지. 해가 길어졌다. 7

시가 넘었는데도 밝다.

저기 저 도로를 건너야 하는데 건널목도, 신호등도 없다. 평상시에 사람들이 다니는 길이 아니어서 만들어 놓지 않았나 보다. 인도(人道) 끝 지점에서 한참을 생각했다. 저 멀리까지 내다봤지만 건널목은 보이지 않았다. 그렇다고 무작정 건널 수가 없어서 자동차 신호등을 살폈다. 난 인도 끝, 내 왼쪽 차로에 차는 나와 같은 방향으로 서 있다. 그러면 이 차가 좌회전 신호를 받을 때 다른 신호등은 빨간불이니 이때 무단횡단을 하자. 무단횡단은 성공이었다. 한참 떨어진 곳에 다시 인도(人道)가 시작되는데 가끔 이해할 수 없는 인생길처럼 이 도로도 이해하기 힘들다.

오후 8시가 다 되어 가는데 반쯤 지나온 것 같다. 집집이 불이 켜지고 전철역에는 퇴근하는 길인지 아무 표정 없이 갈 길들을 가는 사람들로 넘쳐 난다. 어떤 이는 커피를 들고 가고, 또 어떤 이는 떡볶이를 사 먹는다. 그네들의 모습이 참 예쁘게 느껴진다. 하루 동안 맡은 자리에서 얼마나 열심히 일을 했을까? 그네들은 가정으로 돌아가 따뜻한 보살핌을 받아 하루의 피곤을 풀 것이다

집에 도착하니 8시 50분. 아이는 잠이 들어 있고, 남편은 아직도 들어오지 않았다. 아이를 깨워 전화해 봤지만 받지 않았다. 내가 남편 걱정을 하고 있다. 중간에 온 전화를 받아야 했었나, 괜한 심통을 부린 것은 아닌지, 무슨 일이 생긴 것은 아닌지.

나의 '상감마마'는 9시 30분이 다 되어서 들어왔다. 얼마나 피곤했는지 두어 시간을 가게에서 쪼그리고 잤단다. 저녁도 안 했는데. 식은 밥과 김치로 저녁을 해결하고 아무 일 없었던 것처럼 예전의 분위기로 돌아갔다. 어쩔 수 없이 난 누군가의 아내로, 누군가의 엄마로 서 있나 보다. 가끔씩 소설 같은 일탈을 꿈꾸지만, 남편의 울타리 안에서 서로 보듬으며 인생의 한 면을 채우고 있다.

2014년 5월

화 해

“엄마, 몸 좀 어떠셔? 나 뭐 먹고 싶은데?”
“그래, 괜찮아. 내 딸, 와. 엄마가 사줄게.”

시골에 다녀오신 엄마가 개에 물리셨다. 밭에 내려가는 길이 편하지 않아 남의 집 마당을 가로질러가다가 그 집 개에 물리어 치료 중이셨다. 안부 전화만 몇 번 했는데 그날은 각본에도 없는, 실은 먹고 싶은 것도 없는데 먹고 싶은 것을 이유로, 엄마 얼굴이 보고 싶다는 생각이 순간적으로 들어 말을 해버리고 말았다.

먼 거리는 아닌데 차가 자주 있는 편이 아니라 준비를 서둘렀다. 인터넷으로 차의 위치를 확인했다. 현재시간 오전 9시 반, 차를 바로 바로 타면 두 시간 정도 뒤에 목적지에 도착하겠지만, 그렇지 않으면 정오 정도 될 것이다. 아버지도 나오실 거라 생각을 하면서도 서

먹한 분위기가 될까 봐 동생도 전화해서 불렀다.

엄마가 '내 딸'이라고 불러준 것에 약간 놀랐다. 귀찮아하는 투도 아니었고, 부드럽게 감고 도는 따뜻한 손길 같은 말이었다. 평상시 엄마가 이렇게 불러주는 사람은 남동생이나 남동생의 아이들이다. 며느리가 내 집 식구이고, 딸은 남의 집 식구라는 철학을 한평생 지니고 계셨기에 딸들에게는 냉소적으로 대하셨다. 하지만 엄마의 이런 철학에 금이 가기 시작한 것은 아무리 잘해줘도 며느리는 '내 딸'이 아니라는 것을 아셨기 때문일 것이다.

"너희 아버지 등골 휘는 꼴 보고 싶니?"

중학교 3학년 때 참 야박하게 내뱉은 엄마의 한마디였다. 이 한마디에 더 이상 할 말이 없었다. 며칠 동안 엄마를 설득하려고 해봤지만, 바늘만큼도 들어가지 않는 완고함에 내가 생각을 접을 수밖에 없었다. 아니, 나의 진로를 바꿀 수밖에 없었다. 중학교 3학년 때 처음 접한 국문학은 나에게는 신세계 같은 존재였다. 1920년대 문학이 어떻고, 1930년대 문학이 어떻고를 공부하는데 '이거다' 싶었다. 국문학을 더 깊이 있게 공부하고 싶었기에 인문계 진학을 원했지만, 가정형편을 이유로 인문계 진학을 할 수 없었다.

시간이 많이 흘러 그때 공부한 내용은 대부분 잊었지만

'나랏:말ᄊᆞ·미 中듕國·귁에달·아 文문字·ᄍᆞᆼ·와로서르ᄉᆞᄆᆞᆺ·디아니ᄒᆞᆯᄊᆡ'로 시작하는 '훈민정음 서문'은 아직도 기억에 있다. 가지 못한 길에 대한 아쉬움과 외로움일까? 이것마저 잊어버리면 안 될 것 같은 미련 때문에 가끔 읊조린 것이 지나간 30년 세월에 남아 있다. 우리 애들이 '훈민정음' 부분을 공부할 때면 외우는 것을 도와주곤 했더니, 이것을 외우는 사람은 우리 엄마밖에 없을 거라 한다. '너의 엄마 잘난 사람이니 잘 모시라'는 농담으로 답을 하곤 했는데, 그러기에는 마음이 너무 아픈 슬픈 나의 역사를 가진 '훈민정음 서문'이다.

출근 시간이 지났는데도 도로가 막혔다. 저 많은 차가 각자의 뜻을 가지고 그 길을 향해 가고 있다. 그 길이 내가 원하든 원하지 않았든 주어진 삶이라면 받아들여야 한다는 것을 얼마 전부터 깨달아 가고 있다. 인문계 진학을 할 수 없어서 채워지지 않은 지나간 시간이라고 버려두기에는 나의 또 다른 길이 너무도 화려했다. 상업계를 졸업하고 취업한 광화문 네거리의 고층빌딩. 회계업무의 전산화 도입으로 수작업을 컴퓨터 작업으로 옮기면서 많은 것을 배웠고 보람도 많았다. 밤샘 작업으로 광화문의 새벽을 사무실에서 맞이한 기분은 새벽에 산의 정상에서 아침 안개를 내려다보는 기분이었다.

도로사정으로 도착시각이 지연되었다. 저 멀리 누군가가 보인다. 검고 풍성한 머리카락 대신 희고 얼마 남지 않은 머리칼, 찔러도 피 한 방울 안 나올 것 같은 눈빛 대신 초점을 잃은 듯한 눈빛, 올라간

눈꼬리는 어느새 아래로 쳐져 있었고, 탱탱했던 피부는 주름이 가득했다. 어깨와 허리를 꼿꼿이 펴고 다니실 정도로 자존심이 강했던 분이셨는데, 지금 저기 서 계신 분은 지킬 자존심이 없어서 그런가, 어깨와 허리에 힘이 많이 풀렸다. 당신이 살아오신 시간의 고단함을 밤새워 얘기할 정도로 기운이 가득했던 분이셨는데, 당신 딸을 보시고 건네온 인사말에 기운이 많이 빠져 있었다. 우리 엄마도 많이 늙었구나.

동생의 바쁜 일정으로 점심시간을 오래 갖지 못했다. 며칠 전 엄마가 막국수 얘기를 해서 막국수를 먹으러 갔는데 엄마는 많이 드시지 못했다. '젊음'이 나간 자리를 '세월'이 채워지면서 입맛까지 변해가나 보다. 차를 마시려고 엄마네를 잠깐 들렀는데, 엄마께서 동생 모르게 내 가방에 잣이며 얼린 나물 종류를 자꾸 넣어주신다. 마치 지난날에 채워주지 못한 시간을 '가방'이라는 공간에라도 채워주시려고 하시는 듯. 엄마가 커피 안에 잣을 띄워 내오셨다. 아버지가 시골에서 따오신 잣이란다. 동서양의 새로운 조합, 퓨전이다.

집에 도착하니 오후 3시, 엄마와 함께한 시간이 한 시간 정도이다. 돌아오는 차 안에서 엄마에 대한 생각을 많이 했다. 한 여인으로서 어려운 집안에 시집와 시집살이와 6남매를 키우면서 적잖은 고충이 있었으리라. 입학하기 전에 시골 막내이모네로, 큰이모네로, 할머니네로 나를 여기저기 보낼 만큼 우리 집 생활은 어려웠고, 엄마의 삶은 고단했다. 엄마의 고단했던 삶을 이해하기에는 그땐 난 너무 어린 나이였지만, 이젠 엄마를 이해하려 한다. 그리고 서운함도 털어버릴 때가 되었다고 느꼈다. 왠지 그래야만 될 것 같다. 중학교 3학년 때 엄마가 나에게 그렇게 해야 했던 이유를 전부 이해하고 용서할 수 없지만, 오늘 엄마랑 함께한 시간만큼은 엄마를 이해하고 나 자신에 남은 앙금과도 화해하고 싶다. 그때의 엄마 나이가 되고 보니 아이가 간절히 원하던 것을 해줄 수 없었던 엄마의 마음이 어땠는지 어렴풋이 알겠다. 30여 년을 묻힌 미운 정, 엄마와 자주 만나 예쁜 정으로 만들어 가야겠다. 앞으로 남은 시간 엄마와 새로운 관계, 퓨전 관계를 만들고 싶다.

2017년 6월

손

고무장갑 안의 왼손 검지, 여느 때와 같이 설거지를 하고 걸레를 빨고 쓰레기봉투를 힘껏 묶고 하는 데 영 불편하다. 아니, 너무 아프다. 내 손가락이 어떻게 영화 『슈렉』에 나오는 주인공의 색깔처럼 초록색으로 변하다니. 골절에 가입된 보험이 없는 터라 시퍼렇게 멍이 들었는데도 엑스레이 한 번 찍지 않았다. 그냥 시간이 지나면 좋아지려니 하고.

빙판길에 넘어진 지 한 달이 넘었다. 오히려 눈길이었다면 괜찮았을 텐데, 눈이 녹아 얼어버린 길이라서 조심을 한다고는 했지만, 순간적으로 디딘 발이 넘어지고 말았다. '다시 디뎌야지.'라고 생각한 순간에 넘어지고 만 것이다. 창피함도 뒷전이다. 외투를 엉덩이까지 내려오는 것을 입어서인지 엉덩이는 그럭저럭 시간이 지남에 따라 좋아졌는데, 손가락은 점점 아파만 갔다.

정말 본의 아니게 설 명절 연휴 첫째 날에 넘어졌다. 장 볼 것도 더 있고, 설음식도 준비해야 하는데, 손가락이 아프다고 하면 통할 것 같지가 않았다. 그냥 어정쩡한 손가락 모양을 하고 해야 할 일을 했다.

아파 보거나 불편함을 겪어야 그것의 중요성을 깨닫는가 보다. 손가락 하나를 자유자재로 움직일 수 없는 것뿐인데 모든 생활이 불편했다. 음식을 만드는 일도, 접시에 담아내는 일도, 상을 차리는 것도, 설거지는 더더욱 불편했고, 손톱을 깎는 것도, 씻는 것도, 행주를 빨아 짤 때도, 빨래를 널고 갤 때도, 걸레를 빨 때도 모두 아프고 불편했다.

그러고 보니 손가락이 해준 일이 참 대단하게 느껴진다. 내 아기를 처음 안아 봤을 때도 손가락으로 아이의 촉감을 느꼈고, 잠자고 있는 아기의 손에 내 손가락을 끼워 엄마의 사랑을 전하기도 했다. 요즘은 손가락을 이용해 빗 대신 딸아이의 머리를 묶어주기도 한다. 가족 간에는 말로 하기 곤란한 것을 핸드폰이라는 도구를 이용해 손가락이 대신 내 생각을 전달해 준다.

손에 물 한 방울 묻히지 않게 해준다던 약속을 지켰다고 남편은 큰소리친다. 한평생 쓸 고무장갑을 사다 주면 된단다. 고무장갑 속의 내 손가락은 아파 죽겠는데.

이 손을 해 가지고 밥 준비를 하고 잠자고 있는 아이 이마를 만져 보며 무사히 귀가한 감사함에 두 손을 모은다.

옛 중전의 물 한 방울 묻히지 않은 손이 부럽지 않다. 구정물에 담그고 집안일로 손마디가 굵어졌지만, 이 손이 자랑스럽다. 이 손의 주름살이 세월을 말해준다. 그 세월에 우리 가정은 무럭무럭 자라고 있다.

2013년 3월

어느 여름날에

1. 낮 잠

어젯밤 늦게 잠이 들었다. 제사를 지내고 상을 대충 치우고 더운 날씨에 음식들 냉장고에 넣고 하니 자정이 훨씬 지난 새벽 1시가 다 되어갔다. 몇 시간 잔 것도 없이 출근하는 남편 배웅하려고 일찍 일어났더니 몸 상태가 말이 아니다. 무거워질 대로 무거워진 몸은 얼른 휴식을 취하라 말하고 있지만 제사 지내고 남은 설거지가 산더미라 뒤로 미룰 수는 없었다.

주방 바닥에 떨어져 있는 먼지와 음식을 만들면서 떨어진 파 조각, 밥알들이 눈에 거슬렸다. 걸레질을 하는데 한쪽에 쌓여 있는 수건 더미들. 그러고 보니 시댁 가족들이 다녀간 흔적들이 보였다. 머리카락이 유난히 거실 바닥에 많이 보였고, 교자상이랑 제수 용기들이 제자리를 찾아주기를 기다리고 있었다. 제기랄, 내친김에 청소까지 했다. 빨래까지 돌렸다.

아이들을 깨워 밥을 먹이고 샤워를 하니 정오가 가까운 시간. 그제야 거실 바닥에 누웠다. 너무 더운 날씨라, 그리고 어제 제사를 준비하느라 늦게 잔 것을 인정받아 가게에 나오지 말라는 남편의 배려에 어느 때보다도 편하게 거실에 누웠다.

어렸을 적에 여름방학이 시작되면 시골로 달려가곤 했었다. 냇물에 발만 담가도 얼마나 시원한지. 물놀이를 하고 집에 돌아와 사랑채에 누워 있으면 얼마나 시원하던지. 시골의 낮 동안에는 아무도 일을 하지 않았다. 할머니 할아버지도 해가 뜨거운 시간 동안은 쉬셨다. 뜨거운 햇살에 못 이겨 풀잎들도 잠시 쉬는 낮. 소도 커다란 눈망울을 껌뻑거리며 되새김질만 하고 가끔 날아드는 파리 떼를 꼬리로 날려 보낼 뿐이었다. 조용하고 한가로운 시골의 낮 풍경. 사랑채에 누우면 잠이 저절로 온다. 날아다니는 고추잠자리를 내다보고 있으며 어느새 바람이 자장가를 불러준다.

매미의 울음소리가 이렇게 시끄럽다고 느껴본 적이 없었다. 남의 집 방충망에 붙어 시끄럽게 울어대는 데야 매미 나름의 이유가 있었겠지만, 고막을 찢는 듯한 울음소리는 잠의 줄을 억지로 끊어 놓겠다는 계산인 듯싶었다. 더구나 어릴 적 시골 사랑채에 누워 있는 꿈을 꾸고 있었는데 아쉬웠다. 어릴 적 시골의 향수는 어른이 된 지금도 감성을 자극하기에 충분한 감정이므로 더더욱 아쉬웠다.

시계를 보니 낮 12시 반. 꿈속에서 고향을 만나며 마음의 여유를 부린 30여 분. 달콤한 낮잠의 유혹이 긴 여운을 남긴다.

2. 피 서

이 얼마나 뜨거운 더위인가. 햇볕만으로도 더위를 알리기가 부족했는지 끈적끈적한 이 느낌까지 서로 바라만 보고 있어도 부담스러운 폭염이다. 낮잠을 잠깐 자고 일어났지만, 피로를 풀기에는 역부족이었나 보다. 몸은 자꾸 누우려고만 하는데 딸이 도서관으로 피서를 가자 한다.

도서관이 집보다는 나을 것 같아 노트북 하나 들고 딸을 따라 나섰다. 얼마 전에 문을 연 우리 동네의 작은 도서관. 오늘날의 빌 게이츠를 있게 만든 것은 집 근처의 작은 도서관이라고 했던 글을 읽은 기억이 나는데 그때부터인 것 같다. 작은 도서관 만들기에 모두의 관심이 쏟아진 것이.

늑장을 부리고 있다가 출발해서인지 도서관에 이미 사람들로 가득했다. 문을 연 지 얼마 되지 않아 빈 책꽂이가 더 많았다. 도서관 본연의 임무가 바뀌어 가고 있나 보다. 공부를 할 수 있는 공간이 3층에 따로 자리를 잡고 있었다. 넓은 책상과 오랫동안 앉아 있어도 편한 의자. 핸드폰과 노트북을 충전할 수 있는 전기 콘센트. 이미

도서관을 이용하는 사람들은 개인용 노트북으로 동영상을 보면서 공부를 하고 있었다.

구석진 창가 쪽 자리에 있던 사람들이 짐을 꾸렸다. 얼른 자리를 잡았다. 딸은 챙겨온 과제물을 열심히 풀었는데 난 노트북을 껐다, 켰다를 반복했다. 잠이 쏟아져서 뭐든 할 수가 없었다. 그냥 엎드려 잤다. 누워서 자는 맛보다는 덜 했지만, 너무 차갑지도 끈적끈적한 공기도 아닌 곳에서 잠은 너무나도 잘 왔다. 가끔 일어나서 창밖 한 번 내다보고 딸아이 공부하는 것 한 번 보고 옆 사람 눈치 한 번 보고 또 잤다.

피서는 도서관으로 오는 것은 아니라는 것을 알았다. 도서관은 너무 조용하다. 파도소리를 듣던지, 계곡을 찾아가던지 자연과 함께하는 것이 진정한 피서일 것이다. 어느 정도 자고 나니 컨디션이 좋아졌다. 노트북을 켜고 글 좀 써볼까 했는데 딸아이가 과제 다 했다고 집에 가자 한다.

밖은 여전히 뜨겁다. 해가 질 때인데도 이렇게 덥다. 미지근한 물로 샤워를 하고 더위를 식혀야겠다. 더위와 적절히 섞여가면서 이 여름을 나야겠다.

3. DH형(兄)

"엄마, DH형(兄) 엄마한테서 아침에 카톡 왔어."

느낌이 좋지 않았다. 딸아이랑 도서관에 다녀오는 현관에서 큰애가 한 말이다. 더워서 얼굴은 벌게 가지고 선풍기 앞에서 한 말이다. DH형이라면 큰애 고2 때 같은 반 아이이다. 고3으로 올라가야 하지만 학업 출석을 다 채우지 못해 2학년으로 유급된 학생이다.

DH형(兄)은 고등학교 2학년 때 처음 병을 앓았다. 백혈병이었다. 큰애가 고등하고 입학하고서 2학년에 아픈 아이가 있다는 얘기를 들은 적이 있는데 우리 아이 고2 때 같은 반 배정을 받은 것이다. 같은 학교 아이들이 헌혈을 해서 도와주기도 했다. 우리 애는 나이가 모자라 헌혈을 해 줄 수는 없었지만, DH형(兄)이랑 배드민턴도 같이 하고 친구도 해주고 했었다.

고2 겨울로 갈수록 큰애가 DH형 얘기를 안 하길래 물어봤더니 자퇴를 하고 검정고시를 준비한다고 했다. 병이 좋아져서 학업을 따라가는가 보다 했다. 그리고 잊고 지냈다. 큰애 졸업식 때 소식이 궁금했지만, 큰애는 시원한 대답을 주지 않았다.

"MY아, 우리 DH 오늘 아침에 하늘나라에 갔어."

죽음. 어린아이의 죽음을 어떻게 받아들여야 할까. 잘 생기고 머리도 유난히 좋았단다. 배드민턴도 우리 아이가 DH형한테 배울 만큼 운동도 잘했던 아이였다. 병을 이기고 어느 대학에 들어갔나 했는데 그동안 병실에서 암과 싸우고 있었나 보다.

슬픔에도 깊이가 있다. 큰애한테 DH형 소식을 듣는 순간, 난 깊은 슬픔에 빠졌다. 내가 부모라는 위치에서 느낄 수 있는 그런 아픔이었다. 자식을 먼저 보낸 그 속이 어디 오죽하랴. DH형은 병을 겪으면서 의사를 꿈꿨는지도 모른다. 뭐든 한 번 보면 이해하는 좋은 머리로 DH형 부모님은 자식의 앞날을 계획했을지도 모른다.

생과 죽음을 구별하는 것이 뭐가 있을까. 아마도 죽음은 모든 이의 기억에서 사라진다는 것이 아닐까. 잊혀야만 하는, 아니 잊혀질 수밖에 없는 '죽음'이란 두 글자. DH형 어머니는 아들의 핸드폰으로 아들의 마지막 교실 2학년 5반 아이들에게 연락을 했다. 이 어머니는 아들이 남기고 간 핸드폰을 어찌 해지할 수 있을까. 같이 마주보고 얘기할 수 없다는 크나큰 슬픔의 깊이에서 또래의 아이들을 눈물 없이 볼 수 있을까.

DH형(兄), 부디 그곳에 가서는 아프지 말고 여기서 못다 이룬 꿈 이루길 바라, 아주 먼 훗날 그곳에서 아줌마 만나거든 우리 악수나 한번 하자.

컴퓨터 앞에 앉아있는 큰아이, 핸드폰을 만지작거리는 작은아이. 건강하게 잘 자라 주는 것이 엄마의 바람인데 나름대로 이 무더운 여름방학을 보내고 있는 나의 아이들에게 사랑의 미소를 날려본다.

2016년 7월 23일 토요일에

한 뼘만큼만 더

오랜만에 우리 둘만의 시간이 생겼다. 우리 집 참새가 제 오빠를 앞세우고 시내 구경을 갔다. 막내이모네를 만나서 뮤지컬도 보고, 저녁도 먹고, 이모네 집에서 하룻밤 자고 온다고 한다. 딸아이는 큰 인심이나 쓰듯이 "엄마 아빠, 저녁에 내 생각하지 말고 맛있는 거 먹어." 한다.

아이들이 주는 시간의 선물을 그냥 보낼 수는 없었다. 가게 일을 함께 마치고 약간은 기대감이 생겼다. 어디에서 뭘 먹을까? 연애할 때 생각하면 광화문 근처나 명동을 돌아다녀야 하지만, 그러기에는 오늘 일은 너무 늦게 끝났다. 시내에 나가려면 옷도 갈아입어야 하고, 머리가 희끗희끗해서 시내에 나가는 것도 좀 어색하게 여겨졌다. 더군다나 언제부터인가 번쩍이는 네온사인이 적응이 안 됐다.

"뭐 먹을래?" 먼저 내 의견을 물어봐 주는 남편이 오늘따라 정답게 다가왔다. 아마도 아이들이 없는 시간을 아내와 오붓하게 보내고 싶은 마음은 나랑 같은가 보다. 아까 아까부터 나도 고민을 했었다. 애들 없을 때 뭘 먹어야 될까 하고. 신중하게 고민하고 생각한 끝에 "추어탕 어때?" 했다. 먹은 지도 한참 되고, 날도 추워서 따뜻한 국물이 생각났다. 대답이 없다. 그냥 고개를 돌려 다른 일을 한다. 맘에 들지 않는 대답이 나왔을 때 흔히 하는 남편의 행동이다. 분위기가 조금 까칠해졌다. "그럼 뭐?" 처음부터 나한테 물어보지나 말던가. "순댓국은 어때?" 한다. 순대 볶음도 아니고 순댓국? 내가 순댓국 안 좋아하는 거 알면서 이 황금 같은 시간에 내가 좋아하지 않는 음식을 먹으러 가자 한다. 분위기가 더욱 까칠해졌다. 우리 둘 다 말이 없다. 그냥 하던 일을 계속했다. 누가 하나 양보해 주길 바라면서 서로의 의견을 굽히지 않았다. 아니, 왠지 굽히기 싫었다. 연애할 때는 밤하늘의 별도 따다 주더니 결혼 후는 남편이 아기가 된 것 같았다. 주전자의 물도 가져다 달라 한다.

가게 문을 닫고 퇴근 준비를 했다. 집에 밥도 없고,, 국도 없다. 당연히 우리 둘이 외식을 할 거라 생각하고 아침에 아무것도 준비해 놓고 나오지 않았다. 둘만의 오붓한 저녁은 깨진 지 오래고, 우선 끼니를 해결하고 들어가야 했다. "뭐라도 먹고 집에 들어가자." 내 목소리에도 약간 짜증이 섞여 있다. 무슨 남편이 밤하늘의 별도 아니고, 팔을 뻗으면 딸 수 있는 별을 따 달라는데 그것도 못 따주다니.

아이들이 있었다면 우리는 아이들의 의견을 따라줬을 것이다. 아이들이 먹자는 거 먹고, 아이들이 가자는 곳으로 가서 아이들의 이야기를 들으면서 아이들의 장래를 설계하고 아이들이 얘기해 주면 그것에 맞춰 웃음을 터뜨리거나, 아니면 얘기 분위기에 맞춰 표정을 지어 보였을 것이다. 혹여 아이들의 얘기를 빠뜨리고 들을까 봐 온갖 집중을 다 했을 것이다.

오늘 저녁은 추어탕도 순댓국도 아니다. 엉뚱하게 통닭으로 결정됐다. 콩나물국밥 집 앞을 지나가자 따뜻한 국물이 더 먹고 싶었는데, 통닭집으로 향하는 발걸음을 다른 집으로 되돌리고 싶지 않았다. 콩나물국을 얘기하면 메뉴선정을 또다시 해야 하는 번거로움이 생길까 봐, 그리고 겨우 서로 양보해서 고른 통닭에 마음이 상할까 봐 그냥 통닭집으로 갔다.

말이 없었다. 화장실 불빛만 거실 전체를 밝혀 주어 약간은 어둡고 소리도 없는 적막만 흘렀다. 저녁이라고 먹고 들어왔지만, 뭔가가 허전했다. 따뜻한 국물을 여전히 포기 못 하고 있는데 컵라면이 눈에 들어왔다. 물을 끓여 붓고 뚜껑을 덮고 기다리는데 남편이 한마디 한다. “나도 하나 물 부어주지.” 분위기상 직접 부어 먹으라고 해야 하는데 순간 웃음이 나왔다. “아까 콩나물국밥 집 지나갈 때 자기도 그 집으로 들어가고 싶었지?” 하고 묻자 그렇다고 한다.

조금만 더, 한 뼘만큼만 더 남편한테 집중할 걸 하며 후회가 됐다. 아이들한테 집중한 반만이라도 남편에게 집중했더라면 콩나물 국밥을 먹으면서 서로 상했던 마음도 녹였을 것이다. 그러고 보니 샤워를 하고 나온 남편의 허벅지가 굉장히 얇아졌다. 연예할 때는 100M을 12초대에 달렸던 허벅지가 단단한 사람이었는데 지금은 나랑 같이 몸치가 되었다. 어깨의 근육도 배의 근육도 세월 따라 흘러가 몸에 머물러 있지 않다.

그러고 보니 추어탕은 남편이 싫어하는 음식이다. 라면국물로 마음을 녹였듯이 남편의 팔베개로 오늘 하루 고단한 몸도 녹여야겠다.

2016년 1월

엄마표 송편

인절미를 할까 하다가 그냥 쌀을 빻아두기로 했다. 간식이랍시고 매일 빵을 사다 놓을 수도 없는 일이다. 그나마 쌀가루를 냉동실에 넣어 두고 필요할 때마다 송편을 만들어 주면 더 좋을 듯싶어 이 방법을 택했다.

작년 봄에 뜯어 놓은 쑥을 넣어 쌀을 빻았다. 원자폭탄이 떨어진 히로시마나 나가사키에 제일 먼저 생겨난 것이 바퀴벌레와 쑥이란 얘기를 들은 적이 있다. 질긴 생명력이 면역력과 건강에 좋을 것 같다는 생각에 한 시간 남짓 뜯어놓은 쑥이 냉동실에서 잠을 잔 지 일 년이 지나서야 빛을 보게 되었다.

개학하기 전에 아이들은 교복을 입고 포즈를 취하면서 새 학년이 된다는 긴장과 기대로 카메라 앞에 섰는데, 카메라 버튼을 누른 나도 긴장되기는 마찬가지였다. 큰애, 작은애 모두 새 학년을 맞이하면서 새로운 친구와 분위기, 야간자율학습은 잘하고 올지, 말 없는 우리 둘째는 친구 사귈 때 곤란한 일은 겪지 않을지 걱정을 많이 했는데, 이런 고민을 송편에 넣어 쪄내니 차츰 없어졌다.

한 학년을 배운 교과서가 거실 한쪽에 수북이 쌓여 있다. 버려야 할지 말아야 할지를 두고 고민을 했다. 아이의 체온이 남아 있는 터라 쉽게 버려질 것 같지는 않다. 큰애가 중학교에 올라가서 혼자 해보겠다던 수학문제집도 보인다. 중고등과정을 쉽게 본 것은 아니지만, 우리 아이는 선행이 그리 되어 있지 않았다. 나중에 혼자 하기 어렵다고 해서 학원의 도움을 받아 그럭저럭하고 있지만, 고등학생이 되니 걱정이 된다. 진작 선행을 해놔야 했었나 하는 걱정이 밀려온다. 그래, 이 걱정도 송편 속에 넣어 쪄내 보자.

벽면 한쪽으로 아이가 지난 3년 동안 보아왔던 외국영화 DVD와 영어 원서 책들이 보인다. 자신감과 강한 의지를 갖고 실생활에 필요한 영어공부를 시키고자 시작했던 지난 시간들이 왜 허물처럼 무너져 내리는지? 서점에서 보고 돈 영어 수능 A형, B형은 과히 얼마나 학원을 충실히 다녔나를 테스트하는 책들 같았다. 진작 투자를 해야 했나 하는 걱정도 밀려온다. 그래, 이것도 송편 속에 넣어 쪄내 보자.

내 아이는 베르나르 베르베르의 과학적인 증거에 가까운 소설을 좋아한다. 어쩜 앞으로 인간사에 일어날 수도 있는 일이라고 매우 흥미로워한다. 내 아이가 웃음기 없는 얼굴로 학교에서 돌아왔다. 반 친구에게 "베르나르 베르베르 같은 그따위 공상소설을 난 읽지 않는다."라는 말을 들었단다. 그따위 공상소설이라…. 생각해 볼 만한 말인 것 같다. 아이의 의지를 꺾지 않으려고 공상소설을 꾸준히도 사준 엄마이지만, 앞으로 아이가 자유로운 책 읽기에서 교과과목 중심의 독서로 바뀌어야 될 현실과 어떻게 부딪칠 것인가 걱정인데, 이것도 송편 속에 넣어 쪄내 보자.

뜨거운 물로 익반죽한 쌀가루를 송편으로 재탄생시킨다. 찜통에 한 번 쪄낼 정도의 송편을 만들어 우리가 먼저 집어먹고 큰애 것을 남겨둔다. 밤늦게 오는 아이가 '엄마표 송편'을 먹고 힘을 냈으면 좋겠다. 터지지 않게 꾹꾹 눌러 빚은 송편이 아이에게 버팀목이 되었으면 좋겠다. 아직은 처음이라 힘들다고 군소리가 없지만, 이 송편을 먹고 묵묵히 주어진 고단함과 잘 싸워주길 바랄 뿐이다.

2013년 3월

떡볶이와 순대

큰딸이 집을 나갔다. 갓 태어난 아기를 다루듯 조심스럽게 큰 소리 한번 없이 키워왔건만, 더 좋은 곳이 있는지 훌쩍 나가버렸다. 그러고선 그곳이 좋다고 전화도 없다. 엘리베이터에서 의아해하는 이웃들에게 '우리 집 큰딸'이라고 소개를 해왔는데, 그럴 때마다 큰딸은 "이모!" 하고 큰소리로 나와 자기의 관계를 확실히 밝혀두었다.

큰조카가 우리 집에서 생활을 시작한 건 고등학교 때부터이다. 고등학교 때 기숙사 생활로 주말에만 우리 집에 들렀지만, 대학교 때부터는 본격적으로 우리 집 방 하나를 내어줬다. 우리 아이들과 지내면서 뚝심 있는 큰누나와 큰언니로 6여 년을 살아왔다. 의붓딸과 계모의 관계가 어색해서 우리 아이 대하듯 대해줬더니 빠른 시간에 나와 친해질 수 있었다. 조카도 스스럼없이 그날그날 학교에서 있었던 일들을 쏟아내기 시작했다.

조카는 퇴근하고 들어오면서 두세 곳의 분식집을 그냥 지나쳐 오는 날도 있었다. 하지만 어느 날은 떡볶이와 순대를 맥주와 함께 또는 막걸리와 함께 사오곤 했다. 비가 오거나 바람이 스산한 날에는 "이모, 김치부침개 어때? 막걸리는 내가 사갈게."라고 문자를 보내오면 거저 얻은 우리 집 큰딸을 위해 반죽을 하고 김장김치를 송송 썰어 준비를 해놓았다.

떡볶이는 이집 것이 맛있고, 순대는 그집 것이 맛있는데 하면서 튀김을 떡볶이에 범벅을 해서 사온 날은 푸짐한 저녁이 되었다. 반찬이 부실하거나 몸이 무거운 날은 조카가 왠지 기다려지기도 했다. 무엇 좀 사오라고 은근슬쩍 문자를 보내기도 한 날은 못 이기는 척 양손에 검은 봉지를 들고 들어왔다. 떡볶이, 순대, 쫄면, 참치 김밥……. 이게 다 뭐야? 조카를 반기는 척하면서 저녁거리를 더 반기곤 했다.

조카는 우리 집 큰딸임을 언제나 부정하면서도 상담이 필요할 때는 제 엄마가 아닌, 언제나 나를 먼저 찾았다. 언제는 제 친구의 고민까지도 들고 와서 의견을 물었고, 제 선에서 결정할 수 없는 일이라고 판단되는 것은 나의 의견을 존중해 주고 따랐다. 친엄마는 아니지만, '이모'로서 엄마 역할을 대행한 지난 시간이었다.

조카와 6여 년을 생활하면서 마찰이 없었던 것은 아니다. 조카가 나에게 제 학교까지 운전을 부탁했는데, 하필 같은 날 같은 시각에 남편도 운전을 부탁해 온 것이다. 친정 조카를 데리고 있는 내 입장이라서 남편의 눈치를 안 볼 수 없었다. 남편의 대리운전을 하고 조카에게 양해를 구했는데, 나이 어린 조카는 이해해 주지 않았다. 내심 서운한 마음에 밤잠을 설쳤는데, 아침에 발견한 싱크대 서랍의 노란 편지봉투가 나를 울렸다. 자기도 서운했지만 심술부려 미안하다고…. 예전의 사이로 돌아갈 수 있을지 모르겠지만 잘 지내고 싶다고.

우리 애들이 어릴 때는 큰 누나로서 어울려 잘도 지내더니, 우리 애들이 커서 그런지 눈치를 주지 않았는데도 독립하기를 원했다. 그날도 떡볶이와 순대를 사 들고 와서 어렵게 입을 열었다. 독립은 막연한 꿈이 아닌, 막연한 호기심이 아님을 누누이 강조했지만, 이미 마음을 굳힌 상태라 돌릴 수는 없었다.

조카랑 같이 짐을 쌌다. 방 한 칸뿐인데 몇 박스나 되었다. 평상시에는 쓸 것 같아 놓아두었던 것을 짐을 싸면서 정리해서 버렸는데 그 양도 만만치 않았다. 방에서 하나하나 조카 짐이 박스에 들어가서 거실로 옮겨질 때 딸을 시집보내는 마음이었다. 방이 휑해지는 만큼 내 마음도 허전함이 커졌다. 나중에 가져간다고 여행용 가방 하나를 옷장에 남겨두고 갔는데, 조카의 흔적이라 생각하니 거기에서 마음의 위안을 찾는다. 여행용 가방 하나가 조카와 그동안 쌓아왔던 정들의 집합소 같았다.

조카의 짐이 빠진 공간에 내 물건으로 채우려다 그만두었다. 며칠간은 그냥 두고 나의 허전한 마음을 이곳에서 달래야겠다. 비록 '내 큰딸'은 아니었지만, 언제나 살갑고 믿음직스러운 '우리 집 큰딸' 조카, 밤늦게 다니지 말고 밥 잘 챙겨 먹고 건강하게 잘 지내기를 빈다. 바람이 스산한 10월의 어느 날, 조카가 순대와 떡볶이를 한 아름 사 가지고 "이모! 나 왔어." 하고 현관문을 열고 들어올 것만 같은 저녁 시간이다.

2013년 10월

골라 담기

집앞 슈퍼마켓에서 천도복숭아가 10개 오천 원이란다. 골라 담기란다. 우유를 사러 나갔다가 복숭아가 쌓인 상자 앞에 쪼그리고 앉아 복숭아를 골라본다. 첫 번째로 고른 것은 잘생긴 놈, 두 번째로 고른 것은 단단한 놈, 세 번째, 네 번째, 차례대로 봉투 안에 집어넣는다. 내 딸의 예쁘지 않은 부분도 골라 담기를 해본다.

내 딸은 6학년이다. 세월이 많이도 변했지만, 내 딸은 나의 6학년 때와는 아주 많이 다르다. 6형제의 넷째 딸로 태어난 나는 초등학교 6학년 때부터 엄마의 일을 많이 도왔다. 생선 장사를 하실 때였는데, 팔고 남은 오징어나 꼴뚜기를 가져오면 다듬고 삶아서 저녁상에 올리곤 했다. 상에 올라온 오징어를 보고도 엄마는 어떻게 손질을 했느냐고 한마디 칭찬도 없었고, 당연한 듯 다른 가족들도 그냥 먹었다. 새벽에 나갔다가 저녁때가 되어 들어오는 엄마한테 장사하지 말라고, 저녁 하기 너무 힘들다고, 학교 끝나고 아이들과 놀아야 하는데 집에 와서 연탄불 갈아야 해서 놀 수 없다고 한마디도 말하지 못했다. 그런데 컴퓨터 책상 앞에서 잠을 자고 있는 내 딸은……, 내 딸은……. 어디서 이런 아이가 나왔을까? 제 방 청소 하나 못하는, 못생긴 내 딸. 엄마의 외모를 반만이라도 닮았다면 동네분들한테 듣는 한마디는 피해갈 수 있었을 텐데.

"자기 딸 견적 많이 나오겠다."

한번은 딸이랑 지하철에 나란히 앉아 가고 있는데 딸이 말한다. "엄마, 내 허벅지가 엄마 허벅지의 두 배야. 난 단단한데 엄마는 말랑말랑해. 엄마가 너무 말라서 그래. 많이 좀 먹어. 참! 엄마는 소화가 잘 안 돼서 많이 못 먹지?" 내 딸은 못생긴 것도 모자라 통통한 편이다. 먹는 것도 잘 먹고 6학년 때 밥 해먹고 다닌 나랑은 비교할 수 없을 정도로 어린양이 심하다. 잠자는 것 좀 봐. 두 다리는 큰 대자로 뻗고, 큰 베개를 베고, 다리에 끼고, 등에 대고, 기본으로 베개 4개가 필요하고, 엄마가 재워줘야 하고, 핸드폰은 항상 머리맡에 올려놓고, 무늬가 예쁜 요 위에서 자야 한다. "엄마, 내 친구가 선물 받은 샤프가 있는데 나도 그거 사줘."/ "엄마, 필통 사줘."/ "엄마, 뭐 사줘, 뭐 사줘."하면서 나를 귀찮게 해 얻어낸 것들이 수두룩하다.

내 딸이 운다. 입을 삐죽거리면서 제 오빠를 손가락으로 가리키면서 운다. 오빠가 울렸다는 얘기다. 오빠가 울릴 만했으니깐 울렸겠지 하면서도 딸을 품에 꼭 안아준다. 품 안에 가득 들어오는 내 딸. 다이어트를 시켜야 하는데, 키 좀 크라고 운동 좀 시켜야 하는데 자신이 하려 들지 않아 이내 포기하고 말았다. '엄마보다는 커야 하지 않겠니?'하고 생각하면서 달래준다. "엄마 딸이 울었어? 괜찮아, 괜찮아. 오빠가 울렸구나? 오빠야, 동생 왜 울렸니? 이제 그만." 하면 울음을 그친다.

이제부터 내 딸을 골라 담기 해봐야겠다. 우선 키, 168cm는 되어야겠지. 그래야 바지를 줄여 입지 않아도 될 것이다. 누구 키를 골라볼까? 그래, 얼마 전 미스코리아 대회를 하던데 거기에서 키를 가져오자. 그다음은 얼굴, 뭐니 뭐니 해도 김태희가 좋을 것 같다. 성형을 했다고는 하지만 너무 자연스럽다. 여자인 내가 봐도 너무 예쁘다. 또 뭐가 있을까? 그래 몸매, 몸매는 고현정으로 하자. 팔다리가 쭉쭉 뻗고 날씬하기까지 하다. 그다음은 목소리, 목소리는 지금 내 딸 목소리도 예쁘다. 또랑또랑한 것이 발음이 비교적 정확한 편이다.

그다음은 피부, 내 딸 피부는 아토피다. 그래서 불량식품을 먹지 말아야 하는데 엄마인 내가 매번 진다. 아니 져준다. 칭얼거리는 소리 듣기 싫어서 그냥 사주고 만다. 4살짜리 우리 조카 ○○이 피부를 가져오자. 또……, 생각이 창의적이지 못한 내 딸, 이런 내 딸에게는 빨강 머리 앤의 상상력이 필요할 테고, 표정은 세계적인 모델 장

윤주의 카리스마 넘치는 표정이 필요할 것이다. 마지막으로 내 딸 성격, 성격은 어떻게 할까……?

골라 담기가 거의 끝나간다. 복숭아 일곱, 여덟, 아홉, 열 개. 마지막 번째 물건을 고를 때는 특히 더 신경이 쓰인다. 아주 실한 놈으로 저 밑바닥에 있는 것까지 자세히 봐야 한다. 마지막 것을 만족스럽게 골라야 나머지 것도 만족스럽게 느껴진다. 복숭아는 만족스럽게 골라졌다. 집에 와서 맛을 보니 나름대로 괜찮은 맛이다. 그런데 내 딸은 골라 담기를 잘못했는지 영 만족스럽지가 않다. 끼워다 맞춘 내 딸이 마음에 안 와닿는다. 어디에도 내 사랑스러운 딸의 순수한 모습은 없다. 작은 키에 통통한 몸매, 안으면 품 안에 가득 안기는 내 딸. 키야 아직 6학년이니깐 더 클 테고, 외모는 커봐야 아는 거고. 내 딸 성격은 한때는 내가 '꼴통'이라고 부를 정도로 제 고집을 꺾지 않는 아이다. 난 이런 내 딸이 너무너무 사랑스럽다. 엄마를 보고 씩 한번 웃어줄 때는 때리려고 들었던 파리채가 민망해진다. "나는 세상에서 우리 엄마가 제일 좋아." 하며 입을 맞추는 내 딸. "○○야, 엄마도 ○○가 세상에서 제일 좋아. 세상에 하나밖에 없는 내 딸, 다시 고를 수 없는 내 딸. 그래서 사랑해, 사랑해……."

2012년 7월

D-day

1. 기말고사

딸의 책상 위에 자그마한 칠판이 하나 있다. 보통 D-21부터 시작해서 날이 갈수록 20, 19, 18, 17……. 이렇게 숫자 하나씩 작아진다. 숫자가 하나씩 작아질 때마다 딸의 걱정과 짜증이 함께 늘어난다. 책상 위에도 늘어나는 게 있다. 학교에서 나누어준 자료 종이, 과목별 파일, 교과서 등, 그리고 딸이 제일 좋아하는 간식 봉지들.

딸은 누구에게도 지지 않을 만큼 책상 앞에 오래 앉아 있다. 시험 기간이 다가오면 다가올수록 편히 누워서 자기보다는 책상에 엎드려서 잠을 자고, 학교 갈 때나 집에 올 때 책을 한 아름씩 안고 다닌다. 나름대로 야간자율학습도 열심히 하는 것 같아 공부를 진정으로 좋아하는 학구열이 높은 내 딸인 줄 알고 약간의 기대도 했었다.

딸은 시험 기간에 요구사항이 있다. 이것저것 먹을 것을 사달라고 졸라댄다. 살이 찔까 걱정스러워 요구사항을 다 들어주지는 않지만, 짜증이 심해지면 그냥 들어주고 만다. 도서관에 가면 도시락도 싸다 주고, 공부하기 힘들다 해서 외식도 시켜준다. 공부가 무슨 벼슬인 양 시험이라는 배경을 깔고 대접을 받는다.

1학기 성적이 나왔다. 공부한 만큼은 아닌 것 같다. 아이를 관찰해 보기로 했다. 우선 책상에 앉는다. 핸드폰을 만지작거린다. 카톡을 하고 검색을 한다. 시간 가는 줄 모르고 핸드폰과 함께 귀가 후의 시간을 보낸다. 딸은 책상 앞에 오랫동안 앉아 있다. 그런데 그냥 앉아만 있는 거다.

D-day, 1학년 마지막 시험이라고 나름으로 열심히 준비한 거 같은데, 결과가 좋게 나와야 할 텐데. 기대하지 말아야지 하면서도 왠지 아이의 전화를 기다렸다. 저 멀리 들려오는 명랑한 목소리. "엄마, 대박!" '오늘 본 거 다 맞았나?' 하는 나의 생각과 달리 "아는 문제가 하나도 안 나왔어. 엄청 어려웠어." 하는 딸의 이어진 말이다. 그렇지, 내 딸. 기대를 저버리지 않았구나. '시험이 인생에 전부냐!' 아는 문제가 없어도 밝은 목소리에 내 기분도 좋아졌다. 딸! 우리 시험 끝나고 맛있는 거 먹으러 가자. 시험 기간 공부하기 힘들었으니 엄마가 맛있는 거 사줄게.

2. 건강검진

"12월 7일이야. 늦어도 오전 10시까지는 오라는데……."

연초부터 해야지 해야지 하면서 미뤄왔던 게 벌써 1년이 되어간다. 남편은 짝수 연도의 건강검진 안내지를 받아 놓고 어찌해야 하나를 고민해 왔었다. 큰애 여름방학 하면 한다고 계획했다가 일정을 잡지 못했고, 큰애가 수업 없는 요일에 맞춰 한다고 했다가 또 일정을 잡지 못했다.

겉으로는 "응 알았어."라고 쉽게 대답을 했지만 속으로는 한 걱정했다. 10시까지 검진받으러 가려면 가게에서 9시에는 출발해야 한다. 그러려면 난 9시까지 가게에 도착해야 하고, 늦어도 집에서 8시 20분에는 출발해야 한다. 둘째 학교 보내고 준비하고 나오려면 빠듯한 시간이다. 나를 무슨 무쇠솥쯤 생각하고 부려먹는 거 같아 평소에 건강한 편인 남편의 건강검진이 내 마음을 불편하게 했다.

집안일 하고 여기저기 볼일 보고 좀 늦게 가게로 나와도 오전에 해야 할 일의 양을 난 알고 있다. 오전 시간에 한꺼번에 파지를 가지고 어르신들이 가게로 몰려드는 통에 고물상은 순식간에 아수라장이 되어버린다. 해야 하는 일의 양 앞에서 피할 구멍은 없는지 서 있는 나 자신이 초라해 보였다. 그날 하루만 오전에 조금만 힘들면 되는데. 생각해 보면 뭐 그리 힘들 것도 없다. 가게 문이야 평소처럼 남편이 일찍 열어 놓을 테고, 정말 바쁜 시간은 보통 오전 9시 정도까지이니, 남편이 힘들고 바쁜 것은 다해 놓고 갈 것이다. 괜한 걱정으로 지난 며칠을 보내왔나 싶다.

D-day, 여러 가지 검사준비로 전날 밤 편히 잠을 못 잔 남편은 끝까지 내 걱정이다. 힘든 일을 잘할 수 있을지 걱정, 걱정 하면서 가게 문을 나섰다. 생각보다 힘들지는 않았다. 남편이 자리를 비운 사이 어르신들이 많이 도와주셨다. 시간이 천천히 가면 어쩌나 했는데, 눈을 감았다가 떴을 뿐인데 오후 2시가 넘었다. 이제 오나, 저제 오나 하는데 남편이 가게 문으로 들어섰다.

결혼하고 나 혼자 시댁에 두고, 친구 만나고 들어온 남편의 모습이 그렇게 반가울 수가 없었는데, 오늘이 두 번째로 반가운 모습이었다. 그때와 다른 점이 있다면 많이 늙고 검진의 후유증으로 많이 지져 보인다는 거였다. 애써 웃으려고 했지만, 고단한 표정을 감추기는 어려웠다. 좀 쉬라고 했지만, 이내 작업복으로 갈아입고 일을 한다. 검진결과가 아무 이상 없기를 바라면서 남편이 좋아하는 돼지고기 김치찌개를 저녁상에 올릴 계획을 세워본다.

3. 가는 해, 오는 해

어제가 오늘 같고, 내일 또한 오늘 같을 것이다.

바람에 흔들리는 갈대와 달리 속이 텅 빈 대나무가 하늘을 향해 쭉쭉 뻗을 수 있는 이유는 '마디' 때문이란다. 마디가 버팀목이 돼서 어느 정도 자라면 또 마디가 생겨서 어느 정도 자라기를 반복하면서 하늘에 닿을 만큼 자란단다.

크리스마스가 지났다. 아쉬움에 또 한 해를 보내고 새해를 맞이할 준비를 한다. 가는 해의 기억은 좋은 일보다는 힘들었던 기억이 더 오래 남는다. 큰애가 대학교에 들어가서 너무 열심히 놀아 내 마음이 편하지 않았던 기억, 난 조금 더 피곤해졌을 뿐인데 수치상의 건강은 좀 쉬라고 하고, 퇴근 후 집에 오면 저녁 밥숟가락 놓자마자 잠에 빠져드는 날들, 부스스하게 아침에 일어나 다시 시작하는 날들의 반복, 많이 지쳐 힘들 때는 한적한 시골에 가서 그냥 살고 싶다고 열변을 토했던 지난 날들, 돌아보면 좋은 일도 있었다. 처음으로 여권을 만들어서 딸애와 중국을 다녀온 일도 있고, 읽고 싶은 책들을 열심히 사 모아들인 일, 그리고 뭐가 있더라……? 소소하게 즐거웠던 일들이 기억에는 없지만, 분명 내 몸 어딘가에 '기쁨의 창고'를 만들어서 생활의 활력소를 주고 있을 것이다.

그냥 하루의 저녁인 것 같은데 방송에선 시상식을 하고, 하루, 이틀 남은 한 해를 아쉬워한다. 연예인은 나이 들어서도 상패와 상장을 받고, 수상소감 하는 모습이 부러워 나도 상패를 받은 양, 수상소감을 남겨본다. "올해로 제가 태어나 활동한 지가 47년이 되는 해였습니다. 운동화 바닥이 닳도록 열심히 살아왔고, 주연은 아니지만 주어진 역할에 최선을 다해 임했지만, 때론 빛이 나지 않아 힘들 때도 있었습니다. 하지만 한 해 한 해, 해가 거듭될수록 경험과 연륜으로 흔들리지 않는 나를 발견하게 되고, 이런 나의 모습이 주변 사람들에게 빛이 될 수 있음을 알았습니다. 내년에도 비록 조연이긴 하나, 작은 역할에도 최선을 다하는 모습 보여 드리겠습니다."

D-day, 새해가 밝았다. 대나무에 마디가 새로 생겼다. 위로 향해 뻗어 나가기만 하면 되리라. 올해는 좀 건강해 지고 글도 많이 써야겠다. 일 때문에 미뤄왔던 독서도 열심히 하리라 다짐해 본다. 매일 똑같은 밥상이지만 새해 아침에는 떡국을 끓여야겠다. 다시마와 청어 새끼로 깔끔하게 육수를 내서 대파 썰어 넣고, 쇠고기 고명을 올린 떡국으로 대나무 마디의 첫날을 시작해 보리라.

2016년 12월

아픔은 혼자의 몫으로 남는다.
아무리 좋은 글귀나 따뜻한 위로라 할지라도 제대로 귀에 들어오지 않는다.
감당할 만큼의 시련을 주신다지만, 극복하기까지는 가족들과 갈등도 해야 하고,
혼자 아픔을 감당하기에는 너무 벅찼다.
그럼에도 살아내야 했기에, 이겨내야 했기에 신을 부정하고
가족을 부정하며, 접시를 깨고 밥공기를 깨고 하면서 그 순간의 위기를 넘겼다.

희망

- 병상에 대하여 -

주인공

드라마 속의 여주인공, 사건의 중심에서 스포트라이트를 받는다. 주인공의 동선은 모든 사건에 연관성을 지닌다. 가진 것은 없는데 자존심 하나와 만화 주인공 캔디를 닮은 꿋꿋한 심성을 지녔다. 주변 여자 배우들보다 굉장히 예쁘고, 날씬하고, 웃음을 잃지 않는, 때론 너무 착해 시청자들로 하여금 답답함을 느끼게 한다. 어려움이 닥쳐도 "아이고, 내 팔자야!"라고 하지 않고, 기분 나쁠 정도로 눈앞에 닥친 어려움에 대해 깊이 생각하지 않는다. 하지만 연애 문제에 있어서는 태연한 듯하면서도 굉장히 예민하게 받아들이고, 주변에는 항상 백마 탄 왕자가 서성거리고 있다.

현실 속 주인공 나, 스포트라이트를 받는다는 것이 이렇게 부담스러운 일이다. 화사하고 예쁜 빛깔로 시선을 받으면 내게 비친 조명을 즐기련만, 아침에 일어나서 제일 먼저 하는 일이 거울을 보는 거다.

쌍꺼풀이 제대로 새겨져 있나, 혹시 얼굴에 붓기가 심하지는 않나, 주먹을 쥐었다 폈다를 반복하면서 붓기를 확인한다. 종아리도 꾹 눌러보아 붓기 확인하는 것을 잊지 않는다. 아니, 확인해도 이젠 소용이 없다. 이미 너무 늦었다.

15년 전에 사구체신염 진단을 받았다. 병원에서 검사결과 콩팥 여과율이 33% 정도 남았다는 것을 알았다. 보통 건강한 사람은 콩팥 여과율이 80% 이상이다. 이때 한쪽에는 콩팥이 없는 흔적만 있는 기형이었고, 나머지 한쪽이 반 정도도 안 남은 상태였다. 이유는 모른다. 그냥 약하게 태어났나 보다 하고 살아왔다. 30%대를 오랫동안 쭉 유지해 오다가 20%대로 떨어진 여과율이 최근 몇 개월 사이 10% 이하로 떨어졌다. 너무 갑작스러운 상황이 벌어진 거다. 드라마 속의 주인공처럼 이 상황을 깊이 생각하고 싶지 않았지만 그럴 수가 없다. 왜냐하면, 생명과 연관이 있기에.

참, 드라마 속의 주인공은 죽는 것도 우아하게 죽는다. 출혈이 심한 가운데에서도 의식을 잃을 만도 하건만 할 말은 다하고 죽는다. 죽음이 일상생활인 양 의연하게 받아들이는 장면을 생각하면서 나도 그러리라 다짐을 해보지만, 죽음을 맞이하기에 앞서 기계에 의지해 치료를 받거나 이식을 받고, 면역억제제를 먹고 살아가야 한다는 현실에 헝클어진 머리와 눈물로 몇 날 며칠을 눈물로 새벽을 맞이했다. 현실의 나는 우아하게 죽는 것도 어려운 일이지만 참았던 눈물을 우아하게 한 방울 떨구는 통제된 나도 찾기 힘들다.

드라마 속의 주인공도 때론 병에 걸린다. 작가는 시청자들의 눈물샘을 지독하게 자극하기 위하여 백혈병을 자주 등장시켰다. 죽이거나 살리거나 둘 중 하나만 선택해야 했다면 요즘은 의술의 발달로 척수이식 수술도 대부분 성공으로 그려지고, 척수 기증자 또한 쉽게 드라마에 등장한다. 병에 걸리면 어떻게 그렇게 일사천리로 환자를 기적에 가까운 인물로 그려내는지, 연필 끝에서 나오는 그 힘이 대단함을 느낀다.

콩팥병은 백혈병보다는 좀 나은 병이라고 표현해도 될까? 투석이라는 방법이 있으니 선택의 여지가 하나 더 많은 것은 사실이다. 아픈 부위가 통증이 없는 병이고, 피부 밖으로 드러나지 않아 내가 그동안 소홀하게 여긴 탓도 컸으리라. 처음 병을 알았을 때 이 병과 관련된 책을 한 권 정도 읽는 적극성을 보였다면 지금처럼 무방비상태로 맞닥뜨리지는 않았을 것을.

의사 선생님의 권유로 입원했다. 두 다리가 멀쩡해 괜찮은 줄 알았는데 너무 무지했었나 보다. 피검사 결과가 좋지 않아 입원 치료 후 투석을 준비해야 생명을 이어갈 수 있단다. 입원 후 사건의 중심에 섰는데 여간 부담스러운 것이 아니다. 가족들과 부모님의 격려 조명인데 쑥스럽고, 아래로만 숨어버리고 싶다. 하지만 앞으로 계속될 일이고, 극복해야 할 또 다른 내 삶의 일부인 것이다. 여기저기 위로의 전화와 문자가 빗발쳤다. 모든 전화와 문자를 응대하려니 환자는 피곤하다. 문득 연말 시상식에서 최고 주연상을 받은 배우도 빗발치는 축하 전화가 왠지 달갑지만은 않을 것 같다는 생각을 해본다.

병실 창밖 넘어 119헬리콥터가 내려앉는다. 응급환자인가 보다. 이동 침대 환자가 7~8명의 도움을 받아 응급실로 급히 가고 있다. 또 다른 주인공의 등장이다. 저 주인공은 어떤 사연으로 그려질까?

2017년 12월

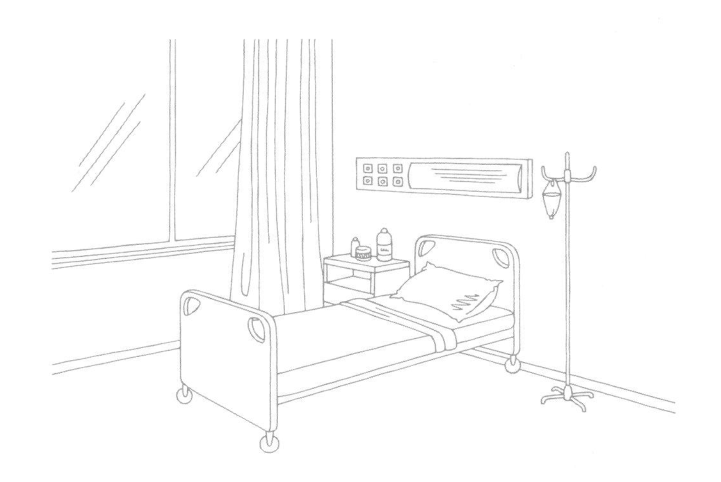

12월 8일

10여 일 만에 다시 찾은 병원이다. 1주일 동안 상태를 지켜보자는 의사 선생님의 소견이 있었다. 지난 세월 동안 90/60을 유지해온 저혈압이 올봄부터 이상 증상을 보였다. 마구 올라가는 거다. 일시적인 현상일 수 있어 혈압약 복용을 늦춰 왔는데, 이젠 피할 수 없게 됐다. 콩팥병으로 신장이 제 기능을 못 해 혈압이 올라간 건지, 혈압이 갑자기 올라 신장기능이 갑작스레 떨어진 건지는 알 수 없다.

단순한 정기검진으로 병원을 방문하는 이유가 아닌, 생명연장 치료를 위한 병원 방문에 부모님과 남편이 함께했다. 지난 15년간 병원 검진 길이 혼자였는데, 심상치 않은 카카오톡 내용을 본 가족들이 너무 놀랐는지, 아니면 내가 당분간 전화는 하지 말라고 해서인지 아무도 전화를 걸어오지 않았지만, 언니에게 얘기를 들은 부모님은 급한 마음에 이것저것 싸가지고 우리 집에 찾아오셨다.

"보호자와 함께 오세요." 여름이 끝날 무렵 의사 선생님 얘기였다. 이때는 나도 이상 징후를 느꼈다. 잠을 자도 몸의 컨디션이 굉장히 좋지 않았다. 내 상태를 가족에게 알려야 하지만 용기가 나지 않았다. 매일 바빠 피곤에 지친 남편에게도 말할 용기가 없었고, 80이 넘은 부모님에게나 각자 생활에서 자신들의 생활에 너무 바쁜 형제들에게도 용기가 나지 않았다.

"더 이상 혼자 버티지 마세요." 역시 의사 선생님 얘기였다. 내가 잠자는 것이 단순한 잠이 아닌 졸도에 가까운 상태로 잠을 잔다고 인식한 시점에 병원을 찾아서 들은 얘기였다. 11월 중순쯤인가 보다. 마음을 다잡아야 한다고 몇 번을 되새기면서도 쉽게 잡을 수 없는 것은 두려움 때문이리라. 경험해 보지 않은 일에 대한 두려움, 남들에게는 평범한 일상들을 다르게 접해야 하는 낯설 움에 대한 두려움, 나를 환자로 대하는 주변 시선에 대한 두려움, 시간이 지날수록 드러나는 병의 진행과정들에 대한 두려움.

"그 또한 욕심이지요." 성당 신부님께 나의 상태를 말씀드리고 병을 받아들이기 힘들다고 고백했을 때 하신 말씀이다. 마음을 많이 비웠다고 생각했는데 아직 멀었나 보다. 아니, 얼마나 더 비우고 얼마나 더 아파야 평온해지려나? 물이 흐르듯 순리대로 산다는 것이 나에게는 버거운 짐처럼 다가온다. 그 누구의 잘못이 아닌 그냥 아픈 건데, 콩팥병이 물처럼 흘러가다 나에게 흘러들어온 것은 열심히 살아온 지난날의 대가치고는 너무 가혹한 결과였다. 곧게 바르게 사는 것이 인생의 정답인 줄 알았는데 흘러가는 물줄기가 또 다른 길을 알려준다. 때로는 내 감정을 채우면서 살라고. 비운다는 것, 어쩜 이것은 과거의 기억을 잊는 것은 아닐까? 그때는 내가 지금보다는 더 건강했으니깐.

"선생님께서 보자십니다." 진찰실을 나와 다음 진행 상황을 기다리고 있는데 의사 선생님이 남편을 찾는다는 간호사의 말이다. 수원에는 투석환자가 1,800여 명 되고, 나의 상태는 매우 심각한 상태라는 말을 들었단다. 그냥 두면 잠자다가 심장마비로 사망에 이를 수 있는 확률이 25%라고. 죽자고 각오한 것은 아니지만, 그동안 너무 미련 맞을 짓을 했구나 싶었다. 애써 외면한 병원 신세를 이렇게 질 거면서. 의사 선생님의 오더에 따라 내 오른쪽 가슴에 구멍이 뚫렸다. 심장과 바로 연결되는 관을 끼우고 그 관을 통해 혈액 투석을 시작했다.

'질병장애 2급', 대한민국이 정한 장애등급으로 난 살아가면서 정부가 정한 장애 2등급의 혜택을 받을 수 있게 됐다. 항공권 할인과 주차장에서 휠체어가 그려진 주차공간을 이용할 수 있고……. 좀 더 알아봐야겠다.

12월 8일, 투석을 시작하면서 희귀난치성 질환 환자로 등록이 됐다. 이날은 오랜 시간 투석치료는 하지 않았다. 나의 적응 정도를 봐야 한다고 1시간만 오더로 내려왔다. 치료를 받는 동안 신께서 나에게 이런 고통을 주면서까지 나를 단련시키는 이유가 뭘까? 하느님의 뜻은 뭘까를 깨닫기 위해 눈을 감았지만, 감은 눈 사이로 눈물 한 방울이 흘러내렸다. 묵상을 시작하기도 전에 난 눈물을 삼키는 것을 먼저 깨쳐야 했다.

"이 또한 지나가리니." 같이 수필공부를 하는 ○○선생님이 보내온 문자이다. 안정을 취하고 구멍을 낸 가슴에 혹시라도 모를 합병증이 발생할까 의사 선생님의 1주일 입원 결정이 내려왔다. 병실 창밖으로는 아무것도 바뀐 것이 없는데 내 환경만 바뀐 것 같은 평온한 세상이다. 신호등이 바뀌면 차들은 멈추고 달리고를 반복하고, 사람들은 그들이 정한 약속대로 초록 불이 들어오면 횡단보도를 건너고. 나는 그 사람 사는 세상 어디쯤 서 있을까를 생각했다. 그런데 아무리 생각해도 난 그 어느 곳에도 없었다. 우울했다. 깊은 한숨이 나왔다. 지나가리니, 지나가리니, 지나가리니……. 주문처럼 되새겼다. 밤하늘에 유난히 밝은 별 하나가 눈에 띈다.

2017년 12월

김치를 먹을 수 있다는 거

이런 게 더 서럽게 만든다. 마음대로 뭘 할 수 없다는 거. 병원 가는 날을 제외하면 주 중에는 화요일과 목요일밖에 시간이 없다. 건강한 사람들과 다르게 일의 모든 우선순위가 치료를 첫 번째로 해야 한다는 현실이 더 받아들이기 어려운 요즘이다. 다른 것을 얻기 위해 소중한 그 무엇을 놓아야 하는 현실, 속상하고 또 속상하다.

깊은 우울증 증상으로 남편이 내 옆에 있어주기로 했다. 마침 하던 일도 주변의 여건이 바뀌면서 정리를 하게 됐고, 그래서 바람을 쐬러 매일 밖에 데리고 다닌다. 날씨도 춥지 않고 컨디션도 나쁘지 않은 지난 화요일은 좀 멀리 가고 싶었다. 명달리, 이곳은 어릴 적 추억이 있었고, 명달리의 산등성이나 시냇물 구석구석은 내가 아프기 전의 모든 것을 기억해 주는 곳이라는 위로가 나에게 힘이 될 것 같았다. 그래서 그곳에 가기 위해 나의 평범한 일상의 하나를 버려야 했다.

평범하다는 거. 일어나기 힘들어하는 아이들을 깨워 영양학적으로나 모양새로나 언제나 부족한 아침을 먹여 학교에 보내는 일, 꼼지락거리는 행동이 눈에 띄면 빨리 준비하라고 다그치는 일, 출근과 등교 시간이 지나면 남겨진 나는 평범한 주부로서 '나'를 찾는 일에 몰두한다. 전화기 너머의 사람과 수다 떨기, 거울을 보고 립스틱 발라보기 등 일상의 소소한 일들.

집안일. 걸레를 들고 집안을 돌아본다. 역시 일거리는 좋다. 일은 내가 살아 있음을 알게 하고, 시간이 빠르게 지나가고, 이 집안일을 내가 하지 않으면 가족들이 불편해하기 때문에 내 존재 가치성을 높일 수 있어서 좋다. 바쁘게 나간 가족들의 흔적이 여기저기 보인다. 젖은 수건이, 벗어 놓은 속옷이, 바닥의 머리카락이, 욕실의 샴푸가.

차 한 잔의 여유. 커피와 식빵을 준비해 컴퓨터 앞에 앉아본다. 일상의 평범한 주제를 글로 옮기는 즐거움을 즐기고자 첫 줄부터 써내려가지만, 이내 삼천포로 빠진다. 인터넷이라는 공간에서 새로운 정보를 읽고 누리꾼들이 올린 댓글도 읽어보면서 '내 생각이 남들과 다를 게 없다'는 것을 확인한다. 그래, 나는 그저 평범하게 살아가는 이 시대의 중년인 것이다.

하지만 좀 특별한.

감자, 고구마, 말린 과일, 말린 나물을 먹지 말란다. 과일도 껍질을 까서 먹으란다. 커피는 원두커피로 아주 연하게 조금만 먹고, 신선한 채소와 과일은 독이 된단다. 그 좋아하는 토마토도 안 된단다. 배가 홀쭉하게 들어가면 잘 먹었던 바나나도 안 되고, 사과 같은 과일은 하루에 반쪽만 먹으란다. 밥도 건강을 생각한 잡곡밥은 안 된단다. 쌀밥으로 끼니마다 3분의 1공기가 정량이다. 단백질이 풍부하다는 콩도 먹지 말란다. 젠장, 마른 몸이 더 마르게 생겼다.

고급 병. 동정맥류 수술을 한 왼쪽 팔로 무거운 것도 들지 말고, 몸에 무리 가는 노동을 하지 말란다. 원래 '사모님'이라는 소리를 듣고 살아야 하는데, 평범하게 살아가는 것을 택해서 건강이 나빠졌나 보다. 투석치료를 하고 온 날은 아무것도 손에 잡히지 않는다. 평범한 삶을 택했던 결과가 결국엔 특별한 삶이 되어 버려 특별한 대접을 받는다. 남편이 내가 해왔던 일을 대신한다. 거친 손으로 집안일이 쉽지 않을 텐데 여왕 대접을 해주니 고마울 따름이다. 혹 결혼 전 한 약속을 지키는 건가? 손에 물 한 방울 묻히지 않게 해 준다던.

아! 그럼 맛은? 이제는 내가 기억하는 모든 맛을 잊어야 한다. 김장김치에 잘 구운 삼겹살을 싸먹는 맛이란 부부싸움 끝에 화해의 한잔에 어울렸고, 칼칼한 김장김치에 라면을 싸먹는 맛은 주말 점심에 가족들의 한 끼 식사에 제격인 맛인데. 내 입은 이런 맛을 기억하는데, 시금치나물에 고사리 넣고 고추장 넣은 비빔밥도 내 입은 기억하고, 집 앞 분식집 김밥 맛을 내 입은 기억하는데, 엄마가 해준 매콤한 홍어회 무침과 입맛 없을 때 먹었던 비빔국수와 진하게 끓여낸 된장찌개에 밥을 비벼 먹었던 맛을 기억하는데.

투석 식사. 김치를 하나 먹었다. 이 김치는 어젯밤에 속을 깨끗이 털어내고 씻어 두 시간 정도 물에 불린 김장김치이다. 간을 하지 않은 생선을 구워 먹었다. 거의 간을 하지 않은 콩나물 무침과 무 숙채가 주된 나의 반찬이다. 30여 일 이상 이렇게 먹어 와서 많이 적응했다. 소식을 하고 자극성 있는 음식을 먹지 않으니 속이 편했다. 난 태어날 때부터 이렇게 먹어왔어야 했나 보다. 가리지 않고 이것저것 골고루 먹어왔는데 그조차도 주어진 삶이 아니라면 비워야 한다는 것을 새삼 깨닫는다.

김치를 먹는다는 거. 끼니마다 빠지지 않는 김치, 볶아서 먹고 돼지고기와 두부를 넣어 찌개도 끓여 먹는 이 평범한 김치 같은 지난 일상이 왜 이리 감사한 걸까? 아침에 시끄럽게 아이들을 깨우고 여기저기 흩어져 있는 가족들의 흔적들을 정리하고 건강한 나와 마주 앉았던 그 시간들이 왜 이리 감사한 걸까? 평범하게 보이는 사람들의 일상이 투석치료를 하는 내내 병원 창밖으로 보인다. 저들은 알고 있을까? 평범한 일상을 이렇듯 부러워하는 이가 있다는 것을. 그런 평범함이 얼마나 감사한 일이라는 것을. 방금 지은 잡곡밥에 빨간 김치를 올려 먹을 수 있다는 것이 얼마나 감사한 일이라는 것을 저들은 알까?

2018년 1월

그럼에도 불구하고

그럼에도 불구하고.

성경에 욥기 편을 읽어보면 이런 내용이 나온다. 하느님을 무척이나 찬양하고 신뢰하는 욥[1]을 시험하고자 사탄이 하느님께 욥의 믿음을 확인해 보자고 제안을 한다. 욥은 사탄의 시험에 들어 많은 재산과 사랑하는 자녀들을 모두 잃는다. 그리고 욥은 온몸에 종기가 돋는다. 그 종기의 정도가 깨진 항아리로 긁어야 되는 극심한 피부 부스러기였다. 사탄은 욥의 목숨만은 건드리지 말라는 하느님과 약속 때문에 목숨만은 유지할 수 있게 하지만, 건강과 그 모든 것을 잃은 욥의 고통은 대단했을 것이다. 하지만 이런 욥은 하느님에 대한 믿음만은 변하지 않는다. 이 믿음을 확인한 하느님은 악마를 내쫓고 욥에게 전보다 더 많은 재산과 자녀를 주신다. 욥은 수(壽)

1) 욥:히브리어로 박해받는, 미움받는 자. 아랍어로 회개하는, 돌아서는자라는 뜻

를 다할 때까지 행복한 가정을 이루며 산다.

악마의 시험에 들기 전에 가족이었던 아이들이 모두 하늘나라로 떠나고, 시험을 통과하고 다시 얻은 아이들과 안락한 가정, 그리고 더 많은 재산. 욥은 진정 먼저 보낸 아이들을 잊고 행복한 새 가정을 이어갈 수 있었을까? "신부님, 욥 성인은 진정으로 행복했을까요? 먼저 보낸 내 아이들을 잊을 수 있을까요?" 욥 성인이라면 그럼에도 불구하고 과거를 바탕으로 하느님의 축복 속에 행복한 가정을 이어가지 않았을까, 하느님을 신뢰하고 믿었던 시간들을 되새기며 성장의 계기로 삼지 않았을까 하는 것이 신부님의 답변이었다.

많은 사람들이 병에 걸리고, 치료를 받고 일상생활로 돌아온다. 작은 병이 될 수도 있고, 큰 병이 될 수도 있다. 나처럼 일주일에 세 번, 긴 시간 동안 치료를 요구하는 병을 가진 사람들도 많다. 나도 그 중의 한 명, 일부분인 것이다. 그들은 나름대로 주어진 삶에 충실하면서 그 시간을 온전히 집중하면서 살아내고 있는 것이다. 평범하지 않은 삶, 하지만 평범한 것처럼 살아가야 하는 삶. 욥 성인은 평범한 것처럼 살아내야 하는 삶을 살기까지 하느님을 원망도 해보고, 위로하러 온 친구들과도 격한 논쟁을 벌인다. 건강을 잃은 사람이 평정심을 유지하고 생활로 돌아오기까지의 고초를 누가 알까?

아픔은 혼자의 몫으로 남는다. 아무리 좋은 글귀나 따뜻한 위로라 할지라도 제대로 귀에 들어오지 않는다. 감당할 만큼의 시련을 주신다지만, 극복하기까지는 가족들과 갈등도 해야 하고, 혼자 아픔을 감당하기에는 너무 벅찼다. 그럼에도 살아내야 했기에, 이겨내야 했기에 신을 부정하고 가족을 부정하며, 접시를 깨고 밥공기를 깨고 하면서 그 순간의 위기를 넘겼다.

20년이 훨씬 넘어 내 기억의 어디쯤 자리매김 했는지조차 찾아낼 수 없는 기억이 요즘 떠올랐다. "언니 이름 바꾸자." 뜬금없는 동생의 전화에 귀가 솔깃했다. "생년월일과 이름 한자 획수가 좋지 않아요." 남편과 애정 운이 어쩌고저쩌고, 뭐 목숨이 어쩌고저쩌고. 20대 초·중반 퇴근길에 사물놀이를 배운답시고 신촌에 간 적이 있었다. 그곳 사람들에게 신촌 어디쯤에 명리학을 잘한다는 사람이 있어 가본 곳이 있다. 그곳에서 들은 얘기이다. 세상에! 사람의 미래를 어찌 알 수 있단 말인가? 그런 게 있다면 세상에 다들 잘사는 사람들만 있어야 하는 거 아닌가? 별로 귀담아듣지 않았다. 지금처럼만 잘 웃고, 열심히 일하면서 생활을 하면 되는 거 아닌가 하고 살아왔다.

하지만 인간이란 본시 그런 동물인가 보다. 잘 살아오다 어디가 하나 삐거덕거리면 무엇이 문제였나를 본다. 아이를 키울 때 아이가 배탈이 나면 무엇을 잘못 먹였나 되짚어 보게 되고, 열이 나면 또 무엇이 문제였나를 보고, 가정사가 잘 풀리지 않으면 '그때 그렇게 해야 했는데.' 하고 때론 후회도 하고. 작고 작은 일들을 되짚어 보고 후회하면서 인생의 걸음을 뒤로 걸었다가, 한 번의 경험으로 얻어진 일들을 다시 만났을 때 그때는 실수를 반복하지 않으니 인생의 걸음을 앞으로 몇 발자국 내디딜 수 있었다. 그렇게 성장하면서 지금까지 살아왔다.

이름을 바꿔? 이름을 바꾸면 인생이 달라질까? 굳이 달라지지는 않아도 지금보다 더 나빠지지는 않겠지? 많은 생각이 오갔다. 지금 상황에서 더 나빠지지만 말아 달라는 심정이 간절했다. 지푸라기라도 잡고 싶은 마음은 물에 빠진 사람만이 알 것이다. 아프다는 거, 그것만큼 우울한 것은 없으리라. 투석치료는 매일의 몸무게가 매우 중요하다. 콩팥 기능이 원활하지 않아 소변을 보기 어려워진다. 그래서 몸무게가 늘어나면 늘어난 만큼 몸속의 물을 기계로 빼서 몸무게를 맞춘다. 그러니 매일 입고 가는 옷이 같아야 한다. 병원에 다녀오는 날에는 제일 먼저 병원에 입고 갔던 옷을 벗어 던져버린다. 지긋지긋한 아픔이 묻어 있는 거 같아 제일 먼저 하는 일이다. 혹시 이름 때문에 건강이? 옷을 벗어 던지면서 문뜩 든 생각이다.

이름을 바꿔보라는 동생의 제안을 한참이 지나서 받아들이기로 했다. 아이들 이름을 지을 때도 찾지 않던 작명소였다. 괜히 후회가 밀려온다. 이럴 줄 알았다면 아이들 이름도 작명소를 찾아서 지을 걸 그랬나 보다. 25년도 훨씬 지난 목숨이 어쩌고저쩌고 하는 말이 이렇게 신경이 쓰일 줄은 몰랐다. 작명소에 이름과 생년월일을 보내고 3, 4일을 보냈다. 무슨 이름이 오려나 기대도 됐고 궁금했다. 과연 이름을 바꾸면 뭔가 기대해도 되는 일이 생길 것처럼 기다리는 날들이 구름 위를 걷는 기분이었다.

메일을 보냈다는 전화를 받았다. 두근두근. 나름 유명하다고 평이 난 사람이니 신중을 기해서 이름을 보냈으리라. 내 사주에 '水' 자가 없어서 '水' 자를 넣어 지었다는 정성스런 답변도 함께 도착했다. 이지유(沚宥). 물가 지(沚), 너그러울 유(宥), 젊은 이름이다. 나쁘지 않다. 어떻게 풀이를 하면 좋을까? '너그러운 물가'가 되는 건데, '잔잔히 흐르는 물' 정도로 생각하면 되지 않을까.

이름을 받아 들고 오랫동안 고민을 했다. 50년을 살아온 이름이다. 내가 낯선 만큼 가족이나 주위분들도 아주 낯설 것이다. 신부님과 성당분들은 사주풀이를 어떻게 생각할까? 부모님께서는 이름을 잘못 지어 내가 큰 병에 걸렸다고 생각하시면 어쩌나 하는 고민도 많이 했다. 하지만 나의 병과 함께 신께서 주어진 시간만큼 살아내야 한다. 이름을 바꿔 몸과 마음이 건강해지고 이 모든 상황이 괜찮아질 거라는 위로를 품고 법원에서 올 판결문을 기다리고 있다.

열심히 살아온 지난 시간에 대한 대가가 병마라서 상실감이 크다. 인생의 도로 위에 그대로 멈춘 것 같다. 달릴 수가 없다. 그럼에도 불구하고 걷고 달려야 한다. 하느님께 좋은 것을 받는다면 나쁜 것도 받아들이면서 나의 부족한 부분을 하느님으로 채워가야 한다. 늦은 밤 저 멀리 보이는 도로는 하나도 막힘없이 잔잔하게 움직인다. 나도 좀 더 나이가 들면 저 도로처럼 막힘 없이 잔잔하게 달릴 수 있겠지.

2018년 4월

이젠 희망으로

"생으로 합시다." 지난 수년간 나를 진찰했던 주치의의 주문이었다. 평상시에는 조용해서 무슨 결단력이 있겠나 싶었는데 의사는 의사인가 보다. 내 얼굴 한번 쳐다보시더니 "몇 번 우웩 우웩 하고 나면 끝나 있을 텐데."라고, 내가 주춤하는 사이 모든 결정을 하시고 위내시경 오더를 내렸다. 이런 검사는 처음이라 잔뜩 긴장해 있는데, 의사 선생님께서 나의 방황하는 얼굴을 읽어버리셨는지 비교적 빠르게 판단을 해주셨다.

겨울은 끝나가고 있는데 봄은 아직 소식이 없는 2월의 어느 날, 투석이라는 치료가 매우 낯설지만, 받아들이지 않으면 안 되는 현실에서 또 한 가지의 치료방법을 고민하지 않을 수 없었다. 장기이식, 티브이에서나 나올 법한 일이 지금 나에게도 벌어지고 있는 거다. 장기이식에 여러 가지 미담도 많고, 요즘은 성공사례가 많다고 하는데, 여전히 나에게는 이식 또한 낯선 단어이다.

이식이 왜 필요한지도 모르던 나였다. 연구를 통해 발표되는 돼지 장기가 어떻고, 어떻고 하면 귀담아듣지도 않고 그렇게까지 해야 하나라고 했는데, 그 한복판에 내가 서 있게 될 줄이야 상상도 하지 못했다.

『신장이식의 모든 것』이라는 책을 구입했다. 뭐든 알아야 방어를 할 수 있기에, 지난 세월에 무방비상태에서 맞닥뜨린 신장 질환을 너무 모르고 지내온 나의 잘못을 반복하고 싶지 않았다. 한 글자, 한 글자 정독이 필요했다. 전문적인 의료 단어는 그냥 넘어가더라도 이해가 가지 않는 부분은 다시 읽기를 반복했다. 혼자만의 독단적인 판단이 될까 봐 남편과 아이들 우리 가족 모두 읽고 의견을 나누기도 했다.

이식이 최고의 치료방법이라는 결론을 얻고 남편과 상의했다. 남편은 흔쾌히 조직검사를 해주겠노라고 했다. 평상시에는 그렇게 '남의 편'이더니 이때만큼은 '내 편'이 돼주었다. 신장내과 주치의를 만나서 이식 의사를 밝히고 검사에 들어갔다. 이식을 받는 사람은 수혜자, 기증하는 사람은 공여자라 불렀다. 여러 가지 검사가 있었다. 우선 수혜자는 대변검사, 위내시경, 치아검사, 정신건강검사, 혈액검사 등. 혈액검사에서 피를 얼마나 많이 뽑던지 이리 뽑아도 살 수 있나 하는 생각이 들 정도였다. 공여자도 정신건강검사, 혈액검사 등을 했다.

남편과 난 혈액형이 같다. 그래서 당연히 조직이 맞을 줄 알았다. 조직이라는 게 혈액형이 같으면 별 무리가 없을 줄 알았는데, 남편과 난 혈액 교차반응에서 부적합 판정을 받았다. 나의 항체가 남편의 항원과 섞이지 않는다는 것이다. 내 피가 남편의 피를 거부하는 형국인 것이다.

다시 한 번 호흡을 가다듬을 필요가 있었다. 삶의 쉼표는 이럴 때 찍는 것이 아닐까? 좌절도 아닌 것이, 불안도 아닌 것이 투석치료가 너무 힘이 들어 믿었던 도끼인데, 도끼에 자루가 없다니. 무인도에 혼자 버려진 느낌이었다. 모두들 옹기종기 모여 따뜻한 아랫목에 있는데, 난 창밖에서 그들을 지켜보는 그런 느낌. 이런 기분을 남편이 알아챘는지 남편이 오히려 미안해했다. 크게 호흡을 하고 쉼표를 찍었다. 그래, 다른 방법으로 기회를 만들자.

장기이식 코디네이터의 안내에 따라 남편은 검사를 멈추고, 나는 남아 있는 검사를 모두 마쳤다. 검사를 하기 위해 자주 병원에 방문했다. 항상 병원에 오면 느끼는 건데 아픈 사람이 너무 많다는 것이다. 전문의 기다리는 시간도 길고, 각종 검사를 하기 위해서 또 기다려야 하기를 반복하다 보면 병원을 나갈 때쯤에는 기진맥진할 때가 많다. 위내시경을 포함한 검사를 마치고 대기실로 나왔다. 기운이 하나도 없이 걸어 나오는데 따뜻한 손길이 느껴진다. 남편의 손이었다. 지쳐있는 나를 보더니 남편이 나를 지탱해 준다.

순간 눈물이 쏟아졌다. 이런 사람이었구나, 지금까지 마누라는 안중에도 없고 자기만 잘났다고 하는 사람인 줄 알았는데, 이렇게 건강한 두 다리와 넓은 어깨로 나를 지탱해 주니 맘 놓고 남편에게 내 몸을 맡길 수가 있구나. 그러고 보니 몇 차례의 병원 방문에서도 짜증 한번 내지 않고 동행해 주었고, 내가 식사를 건너뛸까 봐 손수 음식도 준비해 주곤 했다. 그리고 투석치료를 받는 나의 기분전환을 위해 매일 밖으로 데리고 나가 이런저런 얘기를 해주니 마음도 믿고 맡길 수가 있구나.

뇌사자 장기이식등록, 모든 검사가 끝나고 신장내과에서 이식혈관외과 전문의로 주치의가 바뀌었다. 이식을 기다리는 시간이 길단다. 하지만 기회는 온단다. 인생에서 기회가 오는 경우와 기회가 오지 않는 경우는 하늘과 땅 차이라고 본다. 내가 건강하지 못해 마음 아파하는 남편의 마음을 이번 기회에 알았다. 앞으로 다가올 시간들은 남편과 더 속 깊은 대화를 나누면서 보낼 수 있을 것 같다. 우린 이번 일로 서로에게 너무 소중하다는 것을 알았다. 나에게 기회가 온다는 거, 그것은 평범한 일상으로 돌아갈 수 있는 일이고, 새 삶을 살아갈 수 있는 일인 것이다. "우리 함께 지금을 이겨내 보자. 우리는 극복할 수 있어. 우리 소중한 지유, 사랑해." 어느 날 조용히 전달된 남편의 문자 메시지다. 남편의 마음 씀씀이에 보답도 해야 하고, 설탕과 소금과 버터로만 빵을 만들어 주는 작은애와 엄마의 말벗이 되어주는 큰애한테라도 보답하는 마음으로 한번 더 다짐을 한다. 신장이식을 받기 위해 내 몸과 마음을 준비시키는 일에 게으르지 않겠다고, 모든 과정이 힘들겠지만 잘 버텨내 보겠다고. 나의 하느님께도 감사의 기도를 드린다. 지나온 삶을 되돌아볼 수 있게 해주심에, 그리고 앞으로 살아갈 삶에 대해 생각할 시간을 주심에.

2018년 5월

군 서종면 명달리
지우 수필의 햇빛
기다림에 지치거나
타 갈증을 느낄
각한다 했다. 아니
을 하고 싶을 때
명달리로 달려가
고 했다. 물론 그
은 대부분 가족이고
화했다.

20x10

1

화해의 美学

결에도 불구하고》에 부쳐 —

자 · 創作隨筆 발행인)

보은 '고향 예찬과

~~'~~ 평범한 일상에

예인(藝人)이다.

쓰는 문인에게 있

없는 영원한 성

곳으로, 경기도 양평

morning glory

情과 藝, 사랑과

— 이지우 수필집 《삶, 그

고창의(문학박

수필문학가 이지우

가족 사랑의 情人'이며

늘 감사하는 건강한

먼저 고향이다. 글을

어 고향은 잊을 수

지(聖地)와도 같은

20x10

ㅏ 그의 고향이다. '이
이기도 한 곳이다.
ㅏ 그리움으로 목이
ㅐ에는 늘 고향을 상
어디론가 훌쩍 일탈
ㅣ도 예외 없이 그곳
구원과 위로를 받는다
위로와 구원의 대상
ㅗ, 그 본질은 사랑과

본

지닌 본질적인 특성

(自主化)하고, 나아가

이 두평 남짓한 공

게도 나를 만나는

가장 은밀한 나만

한다. (작품: 좁은 공간)

이 아닌 그 누군가를,

아이처럼 젊었던 나

절한 바람같은 것,

해서, 그의 수필에는
서, 아내로서, 엄마로서
가 되고, 그를 수수하
가 되어 읽는 이에게
자아낸다.
다음은 평범한 일상
가볍게 보아 넘기기
일상이지만 작가 이지
하게 지나치지를 않는
단정지, 앞을 보고 두
20x10

늘 누구의 말로

의 '정(情)'이 소재

는 '사랑'이 주제

친근감과 감동을

에의 감사다.

일쑤인 신변사나

유념은 그냥 무심

다. 그 앞에서 일

돌아보며 재고, 재

확인함으로써 그가

을 찾아내 자기와

자기회수를 한다.

이를테면, "나는

간(밖)에서 다행스러

호사를 누리고, 또한

의 행운을 누리기도

나 "무지컬 '캣츠' 만

이를테면 동행한 다

를 만나고 싶은 기

20x10

情과 藝, 곧 사랑
美学인 작품집《삶》
의 상재를 진심으로

20x10

작품: 외출)"와 같은

다.

은 정인(情人)과 예인

주거나 받거니 사이

고 포근한 정담이다.

작하다. 그래서 끝다

읽는 이에게 공감과

(散文)을 대표할 미

"라는 말을 실감케

그 때문은 아닐까(
고백이 그 좋은 예
이렇듯 그의 수필
(藝人)이 마주앉아
좋게 나누는 따뜻하
그래서 순수하고 솔
진지하고 의미로와
감동을 준다. "산문
태문학이 따로 수필장르다
하는 작품들이다.

20x10

파 화해(和解)의
그럼에도 불구하고 ≫
경하드린다.